JN056264

「もっとわがままを言っても、いいんだぞ？」
不意に、ローガンの顔が近くに迫った。
彫刻細工のように整った顔立ちが、月夜に
照らされ一層引き立っている。
まっすぐ通った鼻筋、深くて澄んだ双眸は
まるで星空のように輝いている。
くっきりと描かれた眉毛は、どこか真剣な
眼差しを強調していた。

シルフィ
ヘルンベルク家の侍女。誰よりもアメリアを気にかけている。
ライラ
ヘルンベルク家の侍女の一人。快活な性格で場を和ませている。
アメリア・ハグル
ハグル家に不貞の子として生まれた。「醜穢令嬢」と呼ばれ、粗末な生活をさせられてきた少女。

オスカー
ヘルンベルク家の執事。
リオ
ローガンの従者の一人。非常に強い忠誠心をもつ。
ローガン・ヘルンベルク
ヘルンベルク公爵家当主。「暴虐公爵」と呼ばれ、社交界では恐れられている。

「ご褒美は、ご褒美だからな」

低く、落ち着いたローガンの声にすら、心臓が跳ねてしまう。

強く、暖かな手が頬に触れ、柔らかく引き寄せられた。

再び訪れる、柔らかい感触。

最初の触れるようなキスとは違って、今度はゆっくりと、語りかけるような口付け。

それは、ローガンがアメリアをどれだけ大切に思っているのかを、心の深いところで教えてくれた。

誰にも愛されなかった醜穢《しゅうわい》令嬢が
幸せになるまで
～嫁ぎ先は暴虐公爵と聞いていたのですが、
気がつくと溺愛されていました～
2
Fuyu Aoki
青季ふゆ
Illustrator.
白谷ゆう

Until the ugly filthy daughter who was never loved by anyone became happy.

CONTENTS

プロローグ

アメリアがヘルンベルク家に嫁ぐ事になる二年前。

トルーア王国の首都、カイドにあるとあるホールの隅っこにて。

「……はあ」

アメリア・ハグルはもう何度目かわからないため息をついた。

今日はアメリアの十五歳のデビュタントの日。

王都の中でも一際存在感を放つ王城の、一番広くて煌《きら》びやかなホール。

繊細な装飾と絹のカーテン、そして豪華なシャンデリアで彩られた会場には自分と同じデビュタントの年齢を迎えた令嬢たちがたくさんいる。

成人となったこれからの人生への門出と、生涯を共にするお相手探しが活気に溢《あふ》れていた。

普通なら喜ぶべき日のはずだが、当のアメリアはそれとは真逆のテンションだった。

それもそのはず。

（なるべく誰とも喋《しゃべ》らない……受け答えは最低限に……基本的には隅っこでじっとしている……）

この会場に来る前、ハグル家の屋敷で父セドリックから何度も何度も言い聞かされた言葉を頭の中で反芻《はんすう》する。

もしこれらの言いつけを破ろうものなら、家で待っているのは罵倒と折檻《せっかん》。『なぜ言いつけを守らなかった！』『だからお前は駄目なんだ！』と否定の言葉に加えて、食事を抜かれたり、叩《たた》かれたりしてしまう。

アメリアのこのデビュタントにおいて果たすべき役割は『妹と違って、地味で暗くて醜い令嬢という悪い噂《うわさ》を立てる』事だった。

幸い（？）にも、アメリアのその役割は果たせているようだった。

アメリアが、亡き母でありハグル家の侍女であったソフィと、父セドリックの不貞によって生まれた子であるという事実は、社交界ではそれなりに有名だ。

その汚名をそそぐべく取られた手段は、妹のエリンの評判を上げる事。

そのためにドレスどころかマトモな食事も与えられず、見た目も服装もボロボロなアメリアに、令嬢たちは侮蔑の視線と陰口を贈った。

ただ大半からは腫れ物に触るかのように無視されているので、幸い（？？）にもアメリアは静かな時間を過ごす事ができた。

「…………」

もうすっかり温《ぬる》くなった水をちびちび口に含みながら、パーティの様子を眺める。

自分と同じ年齢の他の令嬢たちは、殿方と談笑に興じたりワルツを踊ったり、三者三様に夜会を楽しんでいる。

おそらく彼女たちにとって、この夜会は一生に残る幸せな日になるに違いなかった。

しかし、アメリアは違う。

ボロボロの出立《いでた》ちで煌びやかなホールに放り込まれ、場違い感を醸し出しながら、グサグサと刺さる視線と陰口を耐え忍ばなければならない。

今すぐここから消えて無くなりたい、そんな気持ちが湧いてきていた。

もはや、羨ましいという気持ちは微塵《みじん》もなかった。

生まれた頃から否定され続け、自分の存在価値を完膚なきまでに叩き潰されたアメリアにそんな余裕はない。

ただただ、父の言いつけを守らないと……という考えだけがアメリアの頭にあった。

(早く……帰りたい……)

帰ったら帰ったで、待っているのは冷たくて孤独な離れのオンボロ小屋ではあるものの、居るだけで惨めで辛《つら》い気持ちしか生まない会場から、一刻も早く立ち去りたかった。

そんな時だった。

「一人なのか、君は?」

最初、その声が自分に向けられたものだとアメリアは気づかなかった。

この会場で、自分に声をかけてくる者など皆無だと思っていたから。

「そこの君だ」

もう一度言われて、ようやくその声が自分にかけられているのだと気づく。
振り向くと、そこには——。

第一章　アメリアの決心

暗い海の中から水面に浮かび上がるように、意識に光が差す。

（……なんだか、とても懐かしい夢を見ていた気がするわ）

嫁ぎ先であるヘルンベルク家の、自室のベッドの上。

アメリア・ヘルンベルクは「ふわぁ」と欠伸《あくび》をしてから寝ぼけ眼を擦《こす》った。

どんな内容だったかは思い出せない。

ただ、あまり良い内容ではなかったような気がする。

だが所詮夢は夢だ。

すぐに見切りをつけて、上半身を起こし「んー」と伸びをしてから周囲を見回す。

広く、清潔感もある、明るい部屋。

大きな窓から差し込むぽかぽかとした朝陽《あさひ》が気持ち良い。

外から聞こえてくる耳心地の良い小鳥のさえずりに、思わず鼻歌を歌ってしまいそうだ。

「うん、今日もいい草日和」

弾んだ声で言うアメリア。

アメリアの、本日の予定の一つが決まった瞬間でもあった。

こんなに良い日には裏庭散策に限る。

重度の植物フェチであるアメリアにとって、ヘルンベルク邸の広々とした裏庭を自由に散策するのは至高のひと時なのだから。

眠気などとっくに吹き飛び、植物を愛《め》でる時間に思いを馳《は》せる。

アツカメクサちゃんにアグワイナちゃん、タコピーちゃん。

今日も、会いに行くからね……。

「むふ……むふふ……むふふふふ……むふふふふふふふふふ」

「あの、アメリア様、お顔が怖いです」

「ぴゃっ!?」

突如として鼓膜に響いた声。

淑女から出てはいけない悲鳴をあげながらアメリアは飛び上がる。

「い、いたの、シルフィ」

「何度もノックした上に、失礼しますも言いましたが」

「ごめんね、今日もたくさんの雑草たちと触れ合えるって思うと、喜びが募り過ぎて聞こえていなかったわ」

「今日も元気そうで何よりです」

黒髪短髪、小さめの背丈にメイド服、幼さの残った顔立ちは小動物を思わせる。

アメリアの専属の使用人のシルフィは、呆《あき》れた様子で息をついた。

◇◇◇

たっぷりジャムが塗られたトーストにサクッと歯を立てた途端、アメリアの目が大きく見開かれる。

「んっ……!! このブルーベリーのジャム、美味《おい》しい!」

「昨日採れた新鮮なもののようです。私も少し味見いたしましたが、酸味が控えめで食べやすいですよね」

そばに控えるシルフィが淡々と返す。

表情は相変わらず無色だが、声には僅かに弾みがあった。

「後を引く甘さがあっていいわね〜」

サクサクとトーストを食べ進めていくアメリアはとても幸せそうだ。

「ちなみに、ブルーベリーは疲労回復とか美肌効果があって、とってもいい健康食なのよ。葉は紅茶にしたら美味しいし、良い事ずくめね」

「流石《さすが》アメリア様、植物に関する博識っぷりは健在ですね」

シルフィが感心したように頷《うなず》く。

「えへへ、それほどでも～」

笑みを浮かべながら朝食を食べ進めるアメリア。

ハグル家の離れにいた頃には考えられない時間だった。実家では朝食や昼食といった概念は存在せず、時折気まぐれのようにお粗末な食事が運ばれてくるだけ。

そんな日々を送っていたアメリアにとって、離れの庭に生える雑草などが貴重な栄養源であった。

もはや植物と共生しているような生活が幸いして、先ほどのブルーベリーのような知識が溜《た》まっていったという経緯がある。

なにはともあれアメリアは、三食きちんとご飯が出る事に今日も幸せを噛《か》み締めていた。

◇◇◇

――メリサ襲撃事件。

ハグル家でアメリアを虐《いじ》めに虐めていた侍女がヘルンベルク家の屋敷を訪れ、公爵の婚約者であるアメリアを襲う。

そんな、普通ではあり得ないような事件から、すでに一週間が経《た》っていた。

ここ最近、アメリアの周りでいくつかの変化が起こっていた。

「ふう……今日も大量大量」

ヘルンベルク家が誇る、広大な裏庭にて。

バスケット一杯に植物を採取してから、アメリアは一仕事終えたように額の汗を拭った。

「待たせちゃってごめんね、シルフィ」

「お気になさらず。これが仕事ですので」

草採取の間、シルフィはずっとアメリアが見える場所に控えてくれていた。

一つ目の変化。

アメリアのそばにはずっと、誰かしら使用人が控えてくれるようになった。

アメリアが一人の時、メリサ襲撃事件のような状況になった時は取り返しがつかなくなる。

という理由で、就寝中の時以外はシルフィを中心として誰かしら使用人をつかせる指示がローガンから出たのだ。

『むしろ最初からそうするべきだった。アメリアの身を第一に優先するべきだった、本当に申し訳ない』

と、ローガンに何度も謝られたのは苦い思い出である。

メリサの侵入に関しては、元はと言えば自分の不注意が主原因でもあったのでお互い様だった。

「よし、今日はこのくらいにしておこうかな」

バスケットにこんもりと盛られた雑草たちに、アメリアは満足そうに頷く。

「こちらは、『楽園』へ？」

「うん！　よろしくお願いね」

植物採取した後は、アメリアのために新たに充てがわれた部屋に植物たちを格納する。

これも小さな変化だった。

最初は自室に植物を運んでいたが、タコピーの葉の中に潜んでいた芋虫がにょろりと這《は》い出し、シルフィが甲高い悲鳴を上げてしまう。

これをきっかけとしてローガンに、植物を格納できるスペースはないかと相談した。

するとローガンは、『もう使っていない広い部屋がいくつかあるから好きに使っていい』と、神様かと思うくらい素敵なお許しを頂けた。

流石は公爵様、太っ腹である。

アメリアはその部屋を『楽園』と名付け、文字通り植物の楽園とした。

採取した植物を箱に区分けし保存し、調合のための器材も並べ、実際の調合のための作業スペースも作ったりと、研究室のような場所となった。

もちろんその際も、シルフィをはじめとした使用人が控えている。

その影響か、使用人たちも少しずつ植物に詳しくなっていって、花や草が持つ奥深さにちょっとずつ興味関心を抱いていっているのは思わぬ副産物だ。

アメリアの植物フェチの沼にシルフィたちが引きずり込まれる日は近いかもしれない。

格納が済んだ後のアメリアの行動にも、変化が生じた。

屋敷内にある書庫へ行き、読書用に設置された机に座って、黙々と本を読むことが日課になったのだ。

ローガンの婚約者となったアメリアだが、だからと言って何か義務付けられた仕事があるわけではない。

実質、自由な生活を送っても怒られることはないわけだが、ただただ日々をのんべんだらりと過ごすのはアメリアの性に合わず、暇を見つけては読書に励むようになった。

実家にはなかった書籍を読めて、自分の知らない知識に出会えるのは好奇心と知識欲が旺盛なアメリアにとって至福の時間でもあった。

もちろんこの時も誰かしら使用人が同行以下略。

そして最後の変化。これはアメリアにとって最も大きくて、嬉《うれ》しい変化であった。

ぺらり、ぺらりと、ページを捲《めく》る音だけが静かに書庫に響く。

もう日が傾き、書庫の窓から見える景色に薄暗闇が差してきた頃。

「アメリア様、そろそろご夕食のお時間です」

「今行くわ！」

シルフィの呼びかけを聞いた途端、アメリアは栞《しおり》を挟んで本を閉じた。

読んでいる途中の本が面白く、どれほど没頭していても即座に現実に戻って来られる。

なぜならば夕食というイベントが、今のアメリアにとって一番楽しみなのだから。

……夕食のご飯が一番美味しいから楽しみ、といった食い意地の張った理由ではない。

いやもちろん、ヘルンベルク家に来てからすっかり食べることが大好きになったアメリアとしては、公爵家お抱えの一流シェフが作る毎晩の夕食に胸を躍らせるのは当然であるが、一番の理由は他にあった。

食堂へ向かうアメリアの足取りは軽い。

ふふふーんと鼻歌を歌っていることから彼女の機嫌の良さが窺《うかが》える。

夕食が楽しみな理由、それは──。

「お待たせいたしました」

食堂に足を踏み入れると、先客がいつもの席で待っていた。

「俺も今来たところだ」

低く、落ち着いた声が鼓膜を心地よく震わせる。

希代の職人が人生を懸けて形作ったような整った顔立ち。

長めに切り揃《そろ》えられたシルバーカラーの髪は触るとふわふわしていそうだ。

横一文字に結ばれたくちびるは不機嫌そうだが、別にそれは彼の通常の表情で怒っているわけではないとアメリアは知っている。

彼の特徴であるブルーの瞳は美しさの奥に鋭い刃物のような鋭利さを感じさせ、目を合わせると引き込まれて離せなくなりそうだ。

物語の世界から出てきたのかと思うほどの美丈夫、ローガン・ヘルンベルク。

アメリアの婚約者となった公爵様。

毎日の夕食は、ローガンが必ず一緒に食べてくれるようになったのだ。

◇◇◇

「今日は日中、時間を取れずすまない」

夕食のテーブルについてすぐ、ローガンはアメリアに言った。

「どうしても夕方までに処理しなければならない書類があってな」

「そんな、お気になさらないでください」

ゆっくりと、アメリアは首を横に振る。

「毎日こうやって、夕食をご一緒する時間を作ってくださってるだけで充分です」

「そう言ってくれると、助かる」

これが、ここ最近の大きな変化。

改めてアメリアと心を通わせたローガンは、人生の全てを費やしていたと言っても過言ではない仕事を減らし、アメリアとの時間を取るようになった。

『アメリアと、少しでも一緒にいたい』

というローガンの気持ちを聞いた時、アメリアが天にも昇るような嬉しさを抱いた事は言うまでもない。

「ささ、冷めないうちにいただきましょう」

「ああ」

食前の祈りを捧《ささ》げてから、二人の夕食が始まる。ヘルンベルク家の食卓に出てくる料理の数々は、シェフが腕によりをかけて作った一級品だ。

本日、食卓に並んだメニューの数々も例に漏れず、ひと目見ただけで美味しいとわかる品々だ。

前菜の季節野菜のサラダを堪能した後、豚のグリルのバルサミコソース掛けを一口大に切り分けゆっくりと口に運ぶ。

「んぅ……」

思わず感想が出てしまいそうになるのをぐっと堪《こら》えた。

口の中に物が入っている状態で喋《しゃべ》るのはお行儀が悪い。

ナイフの刃を立てただけで切れてしまうほど柔らかいポークは、噛めば噛むほど染み出す肉の旨《うま》味《み》と、酸味と甘みが見事に調和したバルサミコソースが合わさって、思わず目を閉じてしまうほどの美味しさだった。

ゆっくりと堪能し、こくりと控えめに呑《の》み込んだ後、溢《あふ》れそうな笑みを浮かべて一言。

「美味しい」

本心から溢れ出た言葉だった。

ポークを食べ終えた後は白身魚のムニエル、アサリのクリームスープなど、アメリアの好みに合わせて作られた絶品料理を食べ進めていく。

実家で出されていた食事と比べると、ヘルンベルク家で出される食事はどれも食べたことのないほど美味しい。

こんな美味しいものを毎日食べていいのかと、嬉しさを通り越して怖さを感じるくらいだ。

ふと、横からじーっと視線が注がれていることに気づいた。

「ローガン様、いかがなさいました？」

「いや……」

どこか懐かしそうに目を細めるローガン。

「アメリアが家に来て、初めての夕食を摂《と》った際のことを思い出してな」

「初めて……はっ」

思い出し、頬にかあっと朱色が浮かんでくる。

実家で虐げられ屑《くず》切《き》れのような食事しか摂っていなかったため、ヘルンベルク家で初めて出された食事の数々に、アメリアは飢えた猛獣の如《ごと》き振る舞いを披露してしまった。

バクバクと頬をリスみたいにいっぱいにするわ、口に物を入れたまま喋るわ……淑女のしの字もない悲惨な有様だった事はよく覚えている。

「その時に比べると、だいぶ淑女らしい食べ方になってきたな」

「お、お恥ずかしい限りです……」

口元をむずむずさせて、目を伏せてからアメリアは言う。

「まだまだですが、少しでもローガン様のお隣にいても恥ずかしくないよう、鍛錬しておりました」

「なるほどな」

公爵家の令嬢たるもの、挨拶や食事をはじめとした礼儀作法は一通りマスターしておかねばならない。

今は亡き母からある程度の知識は与えられていたが、実践レベルではアメリアの立ち振る舞いはまだ未熟だ。

婚約の際に交わした契約内容においても、公の場で公爵家の夫人としての振る舞いをするよう記載されている上に、他家の貴族たちも交えたお茶会の日もそう遠くないうちに迎える。

もちろん、一番の理由は『ローガン様に恥をかかせたくない……』というアメリアの感情的なものであったが……。

兎《と》にも角《かく》にもそういった背景があって、アメリアは自発的にマナーを意識するようになったのだ。

「まあ、そう気負わなくてもいい」

聞いているだけで鼓動がゆったりになる声でローガンは言う。

「まだ屋敷の中なのだから。外に出る機会に遭遇した時に、ある程度の振る舞いが出来るようになっていれば、それでいい」

「はい、ありがとうございます」

「何はともあれ」

ぽん、とローガンの手がアメリアの頭に触れる。

「偉いぞ」

ぽんぽん、とローガンがアメリアの頭を撫《な》でる。

ローガンの大きくて温かい手が、アメリアは大好きだった。

「えへへ……」

褒められて嬉しい。

そんな感情が満面に浮き出たあどけない笑顔に、ローガンも小さな笑みを浮かべる。

「あ、そういえばローガン様、私の雑草フルコースディナーですが、いつ食べたいとかご希望はありますでしょうか？」

以前アメリアが自分で作って、シルフィに振る舞った雑草料理をローガンも食べたいと言っていた。当然のようにアメリアは作る気満々でいたが、最近はメリサの件でバタバタしていて、なかなか切り出せないでいた。

「特に指定はない。アメリアが作りたい時に作ってくれれば、それでいい」

「なるほど……では、明日はどうでしょうか？」

「急だな」

「は、早くローガン様に食べてもらいたいと思いまして……早過ぎでしょうか？　それでしたら、来週や、来月でも……」

「いや、明日でいい、むしろ明日にしよう」

アメリアの目をまっすぐ見て、ローガンは嘘偽《うそ》りない言葉を口にする。

「俺も、早くアメリアの手料理が食べたいからな」

ローガンの言葉に、アメリアの胸が温かくなる。

（私の作った料理を、食べたいと思ってくれる人がいる……）

それはとても嬉しいことだと、アメリアは実感するのであった。

◇◇◇

夕食を食べ終え、食後の紅茶が運ばれてくる。

「美味しい……」

お気に入りのダージリンの味をゆったりと味わって一息。

（すっかり、私の好みに合わせたものが出るようになったなあ……）

笑みを溢《こぼ》していると、いつもよりワントーン低い声が隣からかけられた。

「メリサの処遇についてだが……」

一週間前、アメリアを襲撃した元侍女のメリサ。

その名をローガンが口にした途端、アメリアの紅茶を持つ手が止まる。

実家にいた頃メリサにされてきた数々の嫌がらせ。

そして先週、馬乗りされ、ローガンからプレゼントされた『クラウン・ブラッド』の宝石を奪われた記憶が脳裏に蘇《よみがえ》った。

紅茶の表面が小刻みに波打つ。

かたかたと、アメリアの手が震えていた。

「大丈夫か?」

「あ……」

そっと、ローガンが手をカップに添えてくれる。

ローガンのさりげない優しさに、手の震えはじきに収まった。

「大丈夫、です……ありがとうございます」

ゆっくりと、アメリアは紅茶をテーブルに置く。

ローガンは申し訳なさそうな顔をしていたが、やがて表情を真面目なものに戻し話を再開する。

「彼女への尋問は完了し、罪状はおおよそ固まった」

もはや名も口にしたくないと言った表情で、ローガンは続ける。

「諸々《もろもろ》を考慮した結果……」

固唾を呑むアメリアを真《ま》っ直《す》ぐ見つめ、ローガンは言葉を口にした。

「奴《やつ》は、ノース山脈での無期限労働に処すこととなった」

「ノース山脈……」

アメリアの記憶の糸が呼び起こされる。

「確か、鉱山がありましたよね」

「そうだ。鉱石においては国内でも有数の産地となっていて……ブラッドストーンが採れる場所でもある」

ブラッドストーン——ローガンにプレゼントしてもらった、クラウン・ブラッドの原料となる鉱石だ。

「庶民だと一生お目にかかれない量のブラッドストーンに囲まれて生活するのだ。クラウン・ブラッドに執心だった本人はさぞ満足だろう、尤《もっと》も——」

スッと、ローガンが目を細めて言う。

「ノース山脈は標高の高い岩山で、気候の変動が激しく、訪れるだけでも過酷な場所だ。作業環境は劣悪で、たびたび死者も出ている。加えて鉱山には、奴と同じように犯罪を犯し追放された荒くれがたくさんいる」

そんな場所に放り込まれたらどうなるか、想像するに容易《たやす》い。

「奴は一生、多大な苦痛を強いられることになるだろう」

冷たい表情で、声色で、淡々と言葉を並べるローガン。

ひしひしと隠しきれない怒りが滲《にじ》み出ていて、アメリアの表情に緊張が走った。

「これで……良かったんですよね」

自分に言い聞かせるように、アメリアは言う。

メリサの処遇について納得感はありつつも、アメリアの心境は複雑だった。

ざまあみろと思っているとか、手放しで喜んでいるとか、そういうのはない。

メリサは自分に対し酷《ひど》い仕打ちをしてきた。

その報いを受けただけの、自業自得。それ以上の感情は湧かなかった。

他人の転落を高笑いするような性質の持ち合わせは、アメリアには無かった。

「公爵家の婚約者に暴行を働いた身としては軽いほどの罪だ。処刑されなかっただけ、まだありがたいと言えよう」

ローガンの言う通りだ。

実際の法律に照らし合わせると、メリサは極刑を免れないことをしている。

だから今回の結果は妥当とも言えた。

見方を変えると今回の処遇は、シャロルが言っていたところの『死よりも苦しい刑』なのだから。

「教えてくださり、ありがとうございます」

「アメリアは被害者だ。最も、聞く権利がある」

ローガンは至って大真面目だった。

複雑な感情を浮かべながら、願わくばメリサが遠い地で反省をしてくれればと思うアメリアであった。

「あの……少し話は変わりますが、実家にはどのような通達を？」

今回の一件は、実家であるハグル家の監督不行き届きでもある。

なので、メリサを雇用している実家も責任の一端を担うはずだ。

「アメリアの実家には、クラウン・ブラッドの破損を含めた賠償金として多額の請求書を送った。此度《こたび》の婚約の支度金なぞ霞《かす》むほどのな……今頃、ハグル家は対応に追われているだろう」

当然とばかりにローガンは言う。

「支度金が霞む程とは、なかなかですね。とてもじゃないですが、払えるかどうか……」

アメリアの頬が引き攣《つ》る。

なにしろ、その支度金をアテにしていたくらいなのだ。

実家の資金繰りに関しても絡んでいたアメリアは、領地の財政状況についてもある程度把握している。

義母リーチェや妹エリンの贅沢《ぜいたく》のせいで、そこまで余裕のある状況ではないはずだ。

そこに今回の賠償金が降り掛かってくるとなると……目も当てられない事態になるだろう。

それらの心配事も察しているとばかりに、ローガンは余裕げな笑みを浮かべて言う。

「ハグル家がどれだけの資産を持っているかは、ある程度調査でわかっている。端的に言うと、妹や夫人の保有する資産を売れば十分足りるだろう」

その言葉に、アメリアはハッとする。

確かに、妹エリンが揃えたドレスや、義母リーチェの持つ宝石類などを売り払えばかなりの額を確保できるだろう。

資産価値は多少落ちるとはいえ、元々それらの出費で財政が傾いていたようなものなのだから。

「今回の件で、実家まで取り潰しになってしまうのは、アメリアの本意ではないだろうからな」

「ご配慮いただき、ありがとうございます……」

アメリアが深々と頭を下げると、ローガンは「君が気にすることではない」と言う。

各々の欲望に身を任せて手に入れた財産を手放すとなると、エリンやリーチェ、そして父セドリックは憤慨するだろうが……これも自業自得としか言いようがない。

むしろこの件に関しては、今まで家族に様々な仕打ちを受けていたのもあって、多少は溜飲《りゅういん》が下がるといった気持ちだった。

「とりあえずは、落ち着いたようで何よりです」

何はともあれ、メリサの一件の後処理は大方完了しているようで、アメリアは安堵《あんど》の息を吐くのであった。

「ああ、そうだな、とりあえずは、だな……」

ローガンは僅かに眉を顰《ひそ》めて思う。

（本来であればこの際、アメリアを不幸にした連中をまとめて処したかったが……それはもう少し、お膳立てを済ませてからでも遅くはないだろう）

そんな思惑がローガンの胸中にあることを、アメリアは知らなかった。

◇◇◇

一方その頃、ハグル家の邸宅。

「お父様!! 一体どういうわけ!? はっきりと説明して!!」

「アナタ！ 黙ってないで何か言ったらどうなの!? このままダンマリだなんて絶対に許さないわ！」

執務室にエリンとリーチェの怒号が響き渡る。

「黙って私のドレスを売り払うなんて、なんてひどいことをするの！ ああっ、ルーベックにサイゴン！ もう二度と手に入らない特注品もあったのに！」

「私の宝石も！ なんの相談もなく勝手に売るなんて何を考えているの!? この前買ったメルエー

ルの新作も一度もつけてないのよ！　それなのに……!!」

二人とも顔を真っ赤にし、息を荒げ、嵐の如く怒り狂っていた。

「エドモンド公爵家のお茶会に着ていく予定だったシャレルのドレスも売るなんて！　公爵家のお茶会に娘を流行遅れの芋ドレスで参加させるなんて、お父様は恥ずかしくないの!?」

そのうち窓が割れてしまうんじゃないかと思うほどの甲高い悲鳴。

「ぐぬ……ぬぬ……」

セドリックはテーブルに蹲《うずくま》ってしばらく耳を塞いでいたが、やがて堪えきれなくなったとばかりに声を荒げた。

「ええい！　黙れ黙れ黙れ!!」

ドンッ!!　ドンッ!!

テーブルに勢いよく拳を叩《たた》きつける。

「ぎゃあぎゃあ喚《わめ》くな！　何度も叫ばずともわかっておる！」

唾を飛ばしながらセドリックも声を上げる。

いくつもの青筋を浮かべた形相は今にも噴火しそうだ。

「なんでお父様が怒っているのよ！」

「そうよそうよ！　逆切れされる筋合いはないんだけど！」

父に似て気の強い二人は負けじと言葉を返す。

セドリックは「ぐっ……」と呻《うめ》いた後。

「……どうしても、昨日までに纏《まと》まった金が必要だったのだ……」


絞り出すように言った。

「お前たちに相談する時間が無いほど緊急を要していたからこのような形となった、すまないと思っている……」

屈辱の念に身体《からだ》を震わせながら、セドリックは頭を下げた。

纏まった金――約6000万メイル。

メリサのやらかしにより、クラウン・ブラッドの破損を含めた賠償金として請求された金額である。まさしく、アメリアを嫁に送った際の支度金なぞ霞むほどの額だった。

そもそも財政難を理由としてアメリアを嫁に出したくらいなのだ。

碌《ろく》に領地経営もせず、自分を含めエリンやリーチェの贅沢を容認し金を湯水のように使っていたセドリックに、そのような金額を急に払えと言われても無い袖は振れない。

しかも今回の請求には支払い期限が決められていた。

法的拘束力はないとはいえ、相手は王家との関係が深い公爵家。

その上、今回メリサが危害を加えようとした相手が先の大戦の軍神シャロルともなれば、期限を破るなんてとんでもない。

であれば、取れる手段は限られてくる。

領地の一部を他の領主に売ることや、国から金の借り入れをするとなると、長期的に見た際、更なる困窮が襲来する恐れがある。

なるべくリスクを低く金を手に入れる手法として手っ取り早いのは、屋敷内にあるドレスや貴金属といった贅沢品を金に換えることであった。

リーチェやエリンからの追及は避けられないが、背に腹は代えられない。

二人への相談をスルーして、セドリックは請求額に足りるだけの財産を売り払った。

その代償として、エリンとリーチェから火山の大噴火のような怒りを買うこととなったのだ。

「はあ!?　何よそれ！　まさかお父様、自分が散財したお金の埋め合わせに私のドレスを売っ払ったの!?」

「信じられない！　そんなことをするなんて、見損なったわ！」

（くっ……黙って売却したのは正解だったな……）

怒り狂う二人を前にして、セドリックはそう思った。

この様子だと、二人が大切にしているドレスや貴金属を売却したいという相談を事前に持ち掛けても、揉《も》めに揉めていたことだろう。

支払いが遅れることだけは絶対に避けなければいけない事態だったので、結果的にこちらの方が幾分かマシだったと言える。

しかし、かれこれ何時間も怒号を浴びせられっぱなしのセドリックの堪忍袋は、既に限界を迎えていた。

「私は何も悪くない!!　全部全部!　アメリアが悪いのだ!!」

セドリックが声を響かせる。

その途端、罵詈雑言《ばりぞうごん》の火山と化していたエリンとリーチェの口がぴたりと止まった。

「アメリアが……?」

「一体どういうこと?」

呆然《ぼうぜん》とする二人だったが、すぐに声量に力を戻して。

「意味がわからないわ!　この件とアメリアがどう関係するの!?」

「お父様、説明して!」

二人の更なる追及にセドリックは押し黙る。

メリサのやらかしの一件を、セドリックは二人に明かしていなかった。

支度金の回収のために向かわせたメリサがやらかし、公爵家から多額の賠償金を請求されてしまった。

こんなの、完全に自分の落ち度でしかない。

プライドの高いセドリックは、この失態を二人に明かせないでいた。

「い、今、情報を整理している!　とにかく色々あったのだ!　時が来たら必ず話す!　だから今は放っておいてくれ……!!」

「何よそれ！　納得出来ないんだけど！」

「そうよそうよ！　ちゃんと説明してちょうだい！」

ぎゃーぎゃーと喚く二人を宥《なだ》め、なんとか部屋から追い出すまでセドリックはさらに一時間の時を要してしまうのであった。

◇◇◇

「むかつく！　むかつく！　むかつくむかつくむかつくむかつくむかつく！」

セドリックに部屋を追い出され、自室に帰ったエリンは荒れに荒れていた。

枕元いっぱいに並べていたぬいぐるみを辺りに投げつけ、踏み潰す。

花瓶を床に振り落とし、ベッドを両拳で何度も何度も殴りつけた。

エリンの欲求の赴くままにコーディネートした豪華な部屋も、今やどこか物寂しい。

すっかりとドレスの数が減ってしまったクローゼットを見るたびに、胸のムカムカが迫《せ》り上がってくる。所有欲の強いエリンにとって、自分の持ち物であるドレスを勝手に売り払われるなど許されないことだった。

父親に対して抱いていた尊敬など綺麗《きれい》さっぱり消え去って、憎悪すら覚える勢いだ。

「一体、何があったのよ……」

セドリック曰《いわ》く、このような事態になったのは姉アメリアが原因だと言っていた。

「どういうことなの……お姉様は暴虐公爵の元で、毎日惨めな生活を送っているんじゃないの……？」

ヘルンベルク家の当主、ローガン公爵は社交界にほとんど顔を出さないものの、噂《うわさ》だけは大きく独り歩きしている。

冷酷で無慈悲、怒りっぽくてすぐに暴力を振るうと専らの噂だ。

アメリアがローガン公爵から婚約を受けたと聞いた時、エリンは心の底から愉快に思った。

ローガン公爵の元に嫁いだアメリアは、これから辛《つら》く、惨めな生活を送るに違いないと信じて疑わなかった。

そんな中での、今回の事件。大量に金が必要になったと言うことは、ヘルンベルクから多額の賠償金か何かを請求されたのだろう。

考えていると、ある一つの可能性が思い浮かんだ。

「……お姉様は鈍臭くて、頭も悪かった……きっと、何か公爵家に迷惑をかけたんだわ……」

アメリアが、ヘルンベルク家で何かをやらかした。

先祖代々受け継がれたとても高価な壺《つぼ》を割ったのか、それともローガン公爵自身に多大なる不敬を働いてしまったのか、実際のところはわからない。

ただ、アメリアが何かしらヘルンベルク家に損害を与えた。

その損害賠償を、ハグル家が被《かぶ》る羽目になってしまったのだ。

「それなら合点がいく……きっと、そうに違いないわ……」

エリンの中で確信が深まっていく。

他責思考の強いエリンはまさか自分の家側に問題があったとは考え付かず、アメリアのせいでこうなったと考えた。

もはや、そうとしか考えられないとエリンは思った。

「お姉様……」

エリンの両拳に力が籠る。

先程まで抱いていたものとは別の種類の怒りが胸底から湧き起こってくる。

それは沸々と煮えたぎる熱湯のようで、冷める気配は少しも感じられない。

「絶対に、許さないから……」

その両眼は、燃えるような憎悪に満ちていた。

◇◇◇

「ふうっ、今日も大量ね……」

夕方、ヘルンベルク家。

オレンジ色の陽光が広大な裏庭に降り注ぎ、空気はぽかぽかと暖かい。

実家で妹に見当違いの憎しみを向けられているとは露知らず、アメリアは今日も今日とて雑草採集に没頭していた。

「ヨモキにハコぺ、あとノビー！　これだけあれば雑草のフルコースが作れるわ」

目を爛々《らんらん》とさせながらアメリアは言う。

声はうきうきと弾んでいて、興奮が冷めやらぬ様子だった。

脇に置かれた手編みのバスケットには、深緑の雑草が山のように積み上がっている。

昨日、ローガンに雑草ディナーを振る舞うと約束したため、いつもより量にも質にも気合が入っているように見えた。

その時、裏庭の奥から一人の少女が姿を現す。

「アメリア様～！」

メイド服を纏った少女は、小柄な体軀《たいく》には似合わぬ元気さでこちらに近づいてくる。

髪色は色鮮やかなハニーブラウンで、背中まで伸ばした部分を横で一つに纏めている。

赤茶の瞳は太陽に負けじと輝いており、人懐っこい笑顔は見る者の頰を緩ませるあどけなさを纏っていた。

「見てくださいアメリア様、たくさん採れましたよ！」

「こんなに！」

少女の持つバスケットを覗《のぞ》き込んで、わあっと声をあげるアメリア。

中には、アメリアに負けじと何種類もの雑草が綺麗に並べられていた。

「たくさん手伝ってもらって、悪いわねライラ」

「いえいえ！　お気になさらないでください！」

ライラと呼ばれた少女はそう言って、屈託のない笑みを浮かべた。

ライラは、アメリアの付き添いの侍女の一人である。

屋敷に来た当初から、シルフィと同じくアメリアの身の回りの世話をしてくれていたが、メリサとの一件以来、一緒に時間を過ごすことが増えた。

そんな中で、こうして雑草採集も手伝ってくれている。

年齢はアメリアより一つ下の十六歳。

歳《とし》の割に落ち着いたシルフィとは違い、ライラは天真爛漫《てんしんらんまん》で感情豊か。

一瞬で場の空気を和ませるような明るさを振り撒《ま》きながら、ライラは言う。

「この植物のひとつひとつが美味しいご飯やお薬になると思うと、やる気がとっても出ちゃって……私も、凄《すご》く楽しいです！」

「ありがとう。そう言ってくれると、私も嬉しいわ」

アメリアが言うと、ライラはふんわり笑みを溢しながら言う。

「実家が花屋を営んでいるので、元々植物が好きだったんですよー。花も植物も、見ているだけで癒されますよね」

「実家が花屋なんて、素敵！　花も植物も、見ているだけで癒される……とってもわかるわ、その気持ち！」

同じ植物好きと言う事で妙に馬が合う二人は、きゃっきゃと楽しそうに話を弾ませた。

「っと……すみません、話し込んでしまいましたね。結構良い時間ですし、今日はこの辺にしませんか？」

「あー……そうね……」

おしまいの合図を唱えられて、アメリアの表情が少しだけしゅんとなる。

まだまだ（なんなら明日の朝くらいまで）雑草を採取したいという気持ちがあった。

しかし今晩は夕食で雑草料理をローガンに振る舞うと決めている。

仕込みのことを考えると、そろそろ切り上げないといけない。

名残惜しそうに裏庭を眺めてから、アメリアは言った。

「それじゃあ、そろそろ上がろうかしら」

「はい！　では、タオルを取ってきますね」

「ありがとう、ライラ」

ライラはくしゃりと微笑《ほほえ》んで、たたたっと駆けて行った。

後に残されたアメリアは今一度、裏庭を見渡してから呟《つぶや》く。

「……ライラが帰ってくるまで、もう少し」

あとほんの数分だけでも、雑草ちゃんたちと戯れていたい。

そんな思いと共に、再び屈《かが》もうと……。

「今日も精が出ているな」

耳心地の良い声をかけられて、アメリアはハッとする。

この屋敷に来て数えきれないほど聞いた声に最初はビクビクしていたものの、今やアメリアの心を弾ませる不思議な力を持っていた。

「相変わらず、この裏庭は天国だと思います」

そう言いながらアメリアは振り向く。

ローガンがいつもの仏頂面、しかしよく見ると微笑ましげに口元を緩めて立っていた。

◇◇◇

「お仕事はもう終わったのですか、ローガン様」

母親を見つけた雛鳥《ひなどり》みたく、てててっとローガンのそばにやってきてアメリアが尋ねる。

「ああ、早めに切り上がったから様子を見にきた」

「お疲れの中、わざわざすみません……」

「婚約者の顔を少しでも見たいと思うのは普通のことだろう?」

どきーん!

とんでもない事をさらっと言うローガンに、アメリアの心臓が跳ねる。

「そ、そうですねっ……私も、ローガン様のお顔を見ることが出来て……とても嬉しい、です」

後半の部分は蚊の鳴くような、ちっちゃい声になってしまった。

ほんのりと頬を熱くするアメリアに、ローガンは微《かす》かに目を細める。

「そういえば、今日はアメリアの手料理が食べられるんだったな」

「は、はい! ちょうど食材《ざつそう》を採り終えたところです」

綺麗な石を子供が母親に見せるかのように、アメリアはローガンにバスケットを見せる。

バスケットの中を見るなり、ローガンは「ほう……」と目を丸くした。

「色々な種類があるな」

「そうなんです! ヨモギはサラダに、ハコペはおひたしに、そしてノビーはパスタと絡めると美味しいんですよ! 他にも……」

そこでアメリアはハッとする。

「ご、ごめんなさい、熱くなってしまって、つい……」

「ふっ……」

照れを隠すように顔を伏せるアメリアに、ローガンが珍しく笑みを溢す。

「わ、笑わないでくださいよ、もうっ」

「すまない、すまない。アメリアの植物愛が相変わらずで、微笑ましくてな」

「私にとって空気のようなものなので……」

毎秒摂取してないと死んでしまう。

アメリアの中で、植物という存在は大きな比重を占めていた。

「何はともあれ、今夜の夕食は期待している」

「お、美味しくできるかはわかりませんが、精一杯頑張りたく思います！」

「そう気を張らなくていい。アメリアが作ったという事実だけで、美味しいことは決まっているのだからな」

「あっ……あう……そう言っていただけると、嬉しい、です……」

また消え入りそうな声で返してしまう。

さくらんぼ色にした頬を見られたくなくて、アメリアは顔を伏せた。

「むっ……」

「いかがなさい……ひゃっ」

不意に、ローガンの手がアメリアの髪に触れた。

びっくりして後ずさり、顔を上げると。

「驚かせてすまない。これがついていた」

そう言って、ローガンが小さな葉の欠片《かけら》をアメリアに見せた。

雑草採集に夢中になっている際、知らず知らずのうちに頭についてしまったのだろう。

「あ、ありがとうございます……」

ぱっぱと自分の髪をはたきながら、アメリアは小さく礼を口にした。

声がいつも以上に上擦ってしまっていて、余計に恥ずかしさが込み上げてくる。

暴虐公爵と呼ばれていた頃の印象はどこへやら。

ローガンの誠実さや優しさ、そして時折見せる愛情表現。

それらにほっこりしたり、ドキドキしたりと、感情が忙しい。

ローガンのことが大好きなアメリアにとっては喜ばしい事ではあった。

しかし異性慣れしていないアメリアからすると、ローガンが自然と口にする言葉や行動のひとつひとつが事あるごとに胸をときめかせ、顔を熱くしてしまう。

そのうち心臓が破裂してしまうかもと心配になるくらいだった。

そんな二人のやりとりを、少し離れたところから眺める影が一つ。

「あらあらあら……」

タオルを持って帰ってきたライラが口に手を当て、ニコニコではなくニマニマと言った微笑ましい表情をしている。

こうした二人の初々しいやりとりは、屋敷の中でも癒しとして優しく見守られているのだった。

◇◇◇

その日の夜の食堂はいつもと違った空気に包まれていた。

通常、貴族の食事は専属のシェフが作るが、本日はアメリアがシェフである。

以前にもアメリアは厨房《ちゅうぼう》を拝借して、自分で雑草を使用した夕食を作ったが、今日食べてもらう相手はこの屋敷の主であるローガン。

テーブルの上に並べられた、裏庭で採れた雑草を使った料理の数々をローガンが繁々《しげしげ》と見つめている。

「見事に緑が多いな」

「雑草メインなので」

テーブルの上はまさに緑の宴《うたげ》。

アメリアが裏庭で手摘みした、雑草を用いた料理が並べられている。

その一つ一つがアメリアの丹精込めた手作り料理であった。

季節の野菜とヨモギで作ったフレッシュなサラダ、ハコベのおひたし、それに主菜となる肉料理の付け合わせには鮮やかなハクサンシダが添えられている。

また、パスタにはノビーを絡めていて、ガーリックオイルと一緒にきらきらと輝いていた。

「では、いただこう」

食前の祈りを捧げてから、ローガンはまずハコペのおひたしに手を伸ばした。

落ち着いた所作で一口食べ、その味をゆっくりと味わう。

一方アメリアの心の中では、ぐるぐると様々な感情が駆け巡っていた。

ローガンが普段口にする料理は、専属シェフが腕を振るい、厳選された上質な食材から作られた一流のメニューたち。

（よくよく考えたら、公爵貴族に雑草を食べさせるなんて、色々とまずいんじゃ……）

夕食を作る前は心が弾んでいた。

しかし、いざ自分の作った雑草料理がローガンの口に運ばれているのを見ると、今更ながら血の気がサーッと引いていく思いになる。

ハコペのおひたしを咀嚼《そしゃく》するローガンから、アメリアは目を離さないでいた。

ローガンの顔色一つで自身の運命が決まるかのような感覚。

ドキドキと自分の鼓動が大きく響く。

一瞬一瞬がまるで永遠のように感じられ、アメリアの胸から心臓が飛び出してきそうだった。

「ど、どうでしょうか……？」

恐る恐る、ローガンに尋ねる。

声は小さく、口元は強張《こわば》り、目には期待と不安が入り交じっていて……。

「……うまい」

その言葉を聞いた途端、アメリアは喜びよりも先に安堵が舞い降りた。

「もっと苦味があると思っていたが、そうでもないな。むしろ飽きのこない味だ。特に、ダームスベリーの塩味が、ハコぺの微かな甘さを引き立てていて、さっぱりとした感じがする……普段食べている料理に味が濃いものが多い分、こういった軽やかな味は新鮮だ」

ローガンの感想に、アメリアの口角が持ち上がった。

肩の力も抜け、ほっと息を吐く。

「お、お口にあったようで何よりです……えへ、えへへ……」

嬉しさが抑えきれず、つい声が漏れてしまった。

今にも溶けてしまいそうな笑顔になっている。

次にローガンは、季節の野菜とヨモキで作ったサラダにフォークを伸ばす。

「うん、美味《うま》いな。ヨモキの存在をしっかり感じる。このドレッシングも食べたことのない味だが、自家製か？」

「は、はい！　サルガモスドレッシングと言って、主に玉ねぎやにんじんの摺《す》り下ろしと、熟成させたバルサミコソースを合わせて作った、酸味控えめなドレッシングです」

「凄いな、このドレッシングは。ヨモキはもちろん、どの野菜とも相性がいい。ずっと食べていたくなる味だ」

「そ、そんなに気に入りましたか……なるほど、ローガン様は酸味控えめな方が好み……」

覚え込ませるように呟くアメリア。

「豚肉のグリルとこの雑草も合うな。えっと、名前は……」

「ハクサンシダです。キャベツに似ていて軽やかな味なので、豚の脂とよく合うかと」

「確かに、肉の旨《うま》みとハクサンシダの香りがお互いに引き立て合っているな。あとなんと言っても香りが良い。グリルのソースの重厚な香りと、爽やかめな香りが合わさって……少し表現が難しいが、体験したことのない料理だ」

美味しそうにグリルとハクサンシダを頬張るローガンを見て、アメリアはふと思ったことを口にする。

「ローガン様、食事の感想の語彙がとても豊富ですね……」

「そうか？　あまり意識はしていなかったが……」

「まさか、ここまで詳細に説明してくださるとは思っていませんでした」

「せっかく作ってくれた料理の感想を言うのは当然のことだろう？」

何を当たり前のことをとばかりにローガンは言う。

「それは、そうですが……」

こうも真っ直ぐに感想を言われると、胸の辺りがむず痒《がゆ》くなってしまう。

アメリアの反応を、ローガンはマイナスの方向に受け取ったのか。

「すまない、くどかったか？」

「いいいえそんなことはありません！　むしろ、たくさん褒めていただいて……とても嬉しく思います……」

はにかみながらアメリアが言うと、ローガンは「そうか」と小さく笑って言って食事を再開する。

それからアメリアもフォークをとってローガンと一緒に雑草ディナーを突《つつ》き始める。

（……うん、美味しい）

アメリアにとっては慣れ親しんだ味だが、ローガンからお墨付きを貰《もら》ったのもあってか、普段よりも美味しく感じられる。

一口一口嚙み締めるたびに、幸せが溢れてくるようだった。

「やはり、美味いな……これは定期的に食べたくなる味だ」

ローガンが言うと、アメリアの胸の奥が疼《うず》く。

自分の手料理を褒めてもらったことが純粋に嬉しくて、アメリアは思わず小躍りをしたくなるような心持ちだった。

「ご希望とあれば、いつでも作りますよ」

本心からの言葉だった。

実家での十数年の間に培った雑草料理のレパートリーはまだまだたくさんある。

その全てをローガンに披露したいという気持ちだった。

「ああ、また頼む」

「もちろんです！」

満面の笑みを浮かべ、アメリアは大きく頷くのであった。

◇◇◇

夕食後、ローガンとアメリアは食堂で紅茶の時間を楽しんでいた。

二人のティーカップからは、ほのかに甘い香りが漂っている。

食後のティータイムも、アメリアにとって至福の時間のひとつだった。

「……美味しい」

カップに口をつけ、アメリアはほっと一息つく。

ルビーレッドの瞳がへにゃりと蕩《とろ》け、その表情からは満足感が滲んでいる。

舌を通り過ぎる茶葉の優しさ、その後を追う豊かな香りが心を落ち着かせてくれた。

一方、ローガンは貴公子としての品格を保ったまま静かに紅茶を嗜《たしな》んでいた。

ゆっくりとカップを持ち上げ、音一つ立てず紅茶を啜《すす》る所作だけで絵になりそうだ。

なんとも対比的な二人である。

「すっかり、紅茶を飲むようになりましたね」

ふと、アメリアがそんなことを言う。

この屋敷に初めて足を踏み入れた日、ローガンはコーヒーを飲んでいた。

それが今となっては紅茶に変わっている。

「アメリアの影響だな」

しみじみと噛み締めるようにローガンが言う。

それは、二人が共に過ごす時間が増え、互いに少しずつ影響を与え合っていることを如実に表していた。

「元々、コーヒーがお好きなんですよね？」

「味が好きと言うわけではないが、多忙な時期はコーヒーを飲むようにしていた。コーヒーを飲むと、心なしか頭と目が冴《さ》え渡るような気がしてな」

「あ、それはカフェインの効能ですね」

「カフェイン？」

初めて聞いたと言葉を返すローガンに、アメリアはカップを置いて返答する。

「はい。コーヒーに多く含まれている成分で、飲むと集中力が持続したり、眠気を抑えたり出来ます。コーヒーほどではないですが、紅茶にも含まれてるんですよ」

「よく知っているな……」

スラスラと専門的な知識を口にするアメリアを見て、ローガンが感心したように頷く。

「実家にいた時は、離れでボーッとしていても暇だったので……空いた時間に本を読んでいると、気がついたら無駄な知識がついていったんですよね……」

「無駄ではないと思うぞ」

自嘲気味に言うアメリアの言葉を、ローガンが遮った。

ローガンの真剣な眼差《まなざ》しに、アメリアは静かに息を呑む。

「アメリアは……その知識を何かに活《い》かしたい、とは思わないか？」

ローガンの質問に、アメリアはぱちぱちと目を瞬かせる。

「えっと……知識を役立てる、と言いますと……？」

「すまない、ざっくりしていたな。簡単に言うと、アメリアが持っている調合能力や植物に関する知識……それらを、この国の医療に役立てる気はないか、という質問だ」

「くく国ッ……!?」

突然スケールが広がってアメリアはギョッとする。

「わわわ私の知識なんて、そんな大層なものじゃ……」

ぶんぶんと頭を振って、アメリアは頬を僅かに朱に染めた。

確かに人よりも植物に関する知識があって、その植物を組み合わせた薬を作る技術があるかもしれない。

だが、それを専門で学んでいる方々の足元にも及ばない。

自己肯定感の低いアメリアは心の底からそう思っていた。

「それは違う」

アメリアから視線を逸《そ》らさず、ローガンは言う。

「アメリアの能力について、本来であればもっと早くヒアリングするべきだった。今の今まで出来なかったのは、アメリアの能力が少々、俺の手に余る代物だったからだ。落ち着いて腰を据えられるようになった、このタイミングになってしまったことを、すまないと思う」

「い、いえ、そんな……ローガン様の謝るようなことでは……」

急に空気がシリアスになって困惑するアメリアに、ローガンは話を続ける。

「結論から言うと、アメリアの知識と技術は凄《すさ》まじいものだ。覚えているだろう、初めてこの屋敷に来た夜に、アメリアが腹痛を薬であっという間に治したのを」

もちろん、覚えている。

それまでロクなものを食べていなかったにも拘《かか》わらず急にご馳走《ちそう》を身体に入れたものだから、胃がびっくりして悲鳴を上げた。

幸い、アメリアが持ってきた自家製の薬の中に胃の痛みを和らげるものがあったため、それを飲んですぐに事無きを得た。

屋敷に来た初日に食べ過ぎで倒れるという大ぽかをやらかしたのも、今となっては懐かしい思い出である。

「あ、あれは……お恥ずかしいところをお見せしました……」

当時の羞恥を思い出し、すっかり真っ赤になってしまったアメリアに、ローガンは語気を強めながら言葉を続ける。

「とにかく、あの時に飲んだ薬の効能は異常だった。通常は胃に効く薬は遅効性で、じわじわと効いていくもの。それを、あんな速さで……」

今思い出しても驚くべき事だと、ローガンの声に熱が籠っていた。

「それだけではない。オスカーの腰の痛み、シャロルの肩の不調……これらは全て、アメリアの作る薬のおかげで快方に向かった。俺も薬学の知識に明るいわけではないが、少なくともあれほど強力な効能を持った薬を目にしたことは、今までに一度もない」

そんなことはないでしょう、と否定の言葉を返すことはアメリアには出来なかった。ローガンの言葉は説得力に溢れていて、アメリアの『そんなわけない』を少しずつ打ち崩していた。

「それに、今飲んでいるこの紅茶……このダージリンですら、アメリアの知識の賜物《たまもの》だ。この紅茶を飲み始めてから、明らかに体の調子が良くなった。実際に作る薬にしろ、知識にしろ、アメリアの持つ能力はたくさんの人々に大きく貢献出来るものだ」

前のめりになって身を乗り出さんばかりに言うローガンに、アメリアは咄嗟《とっさ》に口を開くことができない。

何度も何度もローガンの説明を頭の中に反芻《はんすう》して、ゆっくりと受け止めてから。

「なる、ほど……」

そう返すのがやっとであった。

ローガンの真剣な言葉に、アメリアはしばらくの間、口を開けないでいた。

大したことがないと自分で決めつけていた自分の能力。

それが急に『多くの人々の役に立つくらい凄いもの』と言われて、すんなりと『そうなんだ』と受け入れることは難しかった。

確かに、自分のこの能力は特殊だという認識はあった。

だからこそ、母親の言いつけを守って誰にも明かさないようにしてきたが、そこまで価値のあるものだとは思っていなかった。

実家で過ごした何年もの間、家族からも使用人からも無価値だと散々言われてきた。

それによって自己否定が心の根の深くまで染み込んでしまっていて、それがアメリアの価値観を形成していた。

お前は無能だと言われ続けると、たとえそうでなくても事実のように思えてくるのだ。

だから、自分自身に才があるなんて信じられないのだ。

しかし……。

(ローガン様は、嘘をつくような人じゃない……)

一方で、アメリアの中に信じて疑わないものもあった。

ローガンへの信頼だ。

まだローガンと過ごしてきた日々は長くはないが、それでも彼の誠実さや実直さを近くでたくさん見てきた。

その信頼が、ローガンの言葉が紛れもない事実であることを如実に示していた。

心の中で、二つの思考がせめぎ合う。

『私にそんな力があるはずない』という否定的な思考と、『でもローガン様は本当のことを言っているはずだ』という肯定的な思考。

そのせめぎ合いの中で、アメリアはゆっくりと口を開く。

「もし……ローガン様のお言葉の通りなのでしたら、私は一体何をすれば良いのでしょう？」

「したいようにするといい」

間髪を容《い》れず、ローガンが言う。

「もっと薬学の知識を学ぶでも、現状の知識を使って薬を作るでも、アメリアがやりたいようにすればいい。アメリアがしたいことにあたって必要な環境や資金については、俺は惜しみなく援助をしたいと考えている」

「そんなっ、私なんかに……」

「アメリア」

そっと、アメリアの頬にローガンの指が触れる。

見えない力によって視線が上へ行き。

眉間に皺《しわ》を寄せたローガンは心なしか……怒っているように見えた。

「『なんか』なんて、言わないでくれ」

言葉が、スッと心に入ってくる。

「自らを貶《おと》める言葉は、自分の価値を下げてしまう。言葉や行動に自信がなくなり、物事が上手《うま》くいかなくなる。何より俺自身も、俺が愛するアメリアが、自分を否定するような事を言うのは、悲しい……」

アメリアはハッとする。

「だから頼むから、自分を卑下しないでくれ。アメリアは……充分に、凄いんだから」

懇願するような声に、アメリアの胸に罪悪感が灯《とも》る。

すぐに自分を否定してしまうのは、悪い癖だ。

自覚はあった。周囲から否定される環境においては、自分は下の存在だ、自分はダメな人間だと決めつけておけば、楽だから。

（でもここは、もう実家じゃない……）

自分を肯定してくれる人がいる。

自分を愛してくれる人がいる。

その人たちのためにも、変わっていかないといけない。

「……申し訳、ござい……いえ……」

ここで口にするべきは謝罪ではなく。

「ありがとうございます。そう仰《おつしや》っていただけると……嬉しいです」

本心から湧き出た感謝を言葉にする。

「ですが……申し訳ございません、私の能力をどうするかについては、まだちょっと……わからないといいますか……」

具体的に何をするべきなのか。

多分それは、考えればすぐに道筋が見えてくる。

しかしそもそも、自分の能力をローガンやその周りの人々以外のために使うべきか、という部分でいまいち一歩踏み切れない、喉に魚の骨が引っかかったかのような違和感があった。

その違和感の正体を、アメリアは摑《つか》めずにいた。

「焦らないでいい」

落ち着いた声がアメリアの鼓膜を震わせる。

「今後の人生に関わる大事なことだ。ゆっくりと、考えるといい。考えてみて、違うなと思ったらこの話は忘れてくれ。それについて咎《とが》めることは一切しない、アメリア自身がどうしたいか……自分の意思を尊重してほしい」

「……はい、ありがとうございます」

ローガンの心遣いに、アメリアはただただ感謝するしかない。

だからこそ、今この瞬間答えを出せない自分の優柔不断さをもどかしく思うアメリアであった。

◇◇◇

ティータイムも終えた後、身を清めるべくアメリアはお風呂へ向かった。

温かくて心地よい湯船に身を浸しながら、アメリアはぽけーっとしている。

普段は至福のひと時とばかりにるんるん気分でお風呂を楽しむのだが、今日はどこか微妙な心持ちだった。

――アメリアの持つ能力はたくさんの人々に大きく貢献出来るものだ。

先ほど、ローガンが自分にかけてくれた言葉を思い起こす。

そこから出てくる感想は一つ。

「……まだ、現実感がないわね」

ローガンの言葉は、本当に自分に向けられたものなのだろうか。

長い間、自分の能力を軽んじてきたアメリアには信じられない思いだった。

とはいえ、そこを否定し続けていたら物事は進まない。

自分の意思とは関係なく時間は無情にも進んでいくのだから、一旦受け入れた上で、自分はどうしたいのかを考えないといけなかった。

『アメリアが持っている調合能力や植物に関する知識を、この国の医療に役立てる気はないか』というローガンに問いかけに対し、未《いま》だに踏ん切りはついていない。

なぜなのか、わからない。

雲を摑むような感覚の中でも、とりあえず答えを出さないといけない。

――アメリア自身がどうしたいか……自分の意思を尊重してほしい。

そう言われたものの、自分の中で強く『こうしたい！』という意思が見つからない。

元々自我が乏しい性分ではあったし、これまで周りの命令に従い続けた人生だったから、いざ『何をしてもいい』と言われると返答に窮してしまう。

「私は……どうしたいんだろう……」

ちゃぽん……と口元の辺りまでお湯に潜り込む。

ぶくぶくと泡を立てながら考えるも、結局答えは出ないままであった。

◇◇◇

お風呂の後、アメリアが自室でぼんやりしていた。

部屋中に設置した植物や今まで採取して綺麗に纏めた雑草たちを眺めて、頭の中を空っぽにしている。

「失礼します、アメリア様」

ノックの音と共にシルフィがやってきた。

「夜の寝具の準備をしに参りました」

「ありがとう、シルフィ」

シルフィは一礼した後、慣れた動作で夜の寝具の準備を始める。

まずはベッドメイキング。一度ベッドカバーを完全に取り払い、マットレスを確認。

清潔さは日中にチェック済みだろうが、それでも一度目視で確認する。

その後、新たなシーツをベッドにかけ、四隅を丁寧に押さえてシワがないようにする。

たった一瞬の間に、まるで新品のベッドのようになった。

シルフィの手つきは素早く、寸分の狂いもない。

まさしく公爵家の使用人としてのプロフェッショナルな手際だった。

引き続き寝具の準備を続けるシルフィに、アメリアは呟く。

「凄いなあ、シルフィは……」

「急にどうされました?」

枕カバーを新たなものに取り替えていたシルフィが、手を動かしながら尋ねる。

「ううん……なんというか……手際がいいなーと思って」

「はあ……まあ、そうですね……？　もう何年もやっているので、身体が覚えました」

シルフィはアメリアの質問の意図を測りかねているようで、怪訝《けげん》な顔をしている。

アメリア自身も、なぜシルフィにそんな言葉をかけたのかよくわからないでいた。

（あ、そうか……）

気づく。

ぐちゃぐちゃに絡み合っていた糸が解《ほぐ》れ、ピンと一本に伸びたような感覚。

（私……シルフィが羨ましいんだ）

人にはそれぞれ、役割がある。

家族からにしろ、国からにしろ、人は役割を与えられないと自分の存在意義を見失う。

実家にいる時は家族から毎日あれをしろこれをしろと命令をされ続け、考える暇もなかった。

ヘルンベルク家に来て、それらの強制労働から解放されてから、アメリアは自身の存在意義を見失っていた。

もちろん、ローガンの婚約者という役割は与えられている。

しかしその役割は、毎日こなさなければいけない何か具体的な義務があるわけではない。

毎日のんびりして、好きな時に食べて、寝て、読書をして、という生活も悪くはない。

しかし一ヶ月ほどそんな生活を送ってみて、気づいた。

（やっぱり、私の性に合ってない……）

だから日常的に書庫へ赴いて、知識を吸収し始めたのだろう。

今回シルフィを見て、羨望の念を抱いたのが決定的だ。

公爵家の使用人という役割を与えられて、その職務を全うし、正当な評価を貰っているシルフィ。

そんな彼女を羨ましいと思った。

（私も……私が出来る事をしたい……）

そこまでわかってもなお、自分の能力を活用することに尻込みしているのか。

心当たりのある答えが、一つあった。

「シルフィ、ローガン様は今、どちらに？」

「この時間は……おそらく、執務室で明日の仕事の準備をなさっているかと」

「ありがとう」

アメリアは立ち上がり、シルフィに言った。

「今晩は少し、寝るのが遅くなるかもしれないわ」

◇◇◇

本日の執務室は心なしか、いつもより緊張感が漂っていた。

「ローガン様、こちらを」

明日の仕事を円滑に進めるべく、書類を整理していたローガンにオスカーが羊皮紙を差し出す。

紙にはここ最近、領地内で流行《はや》り始めている病に関する情報が記されていた。

「紅死病《こうしびょう》……初めて聞く名だな」

「なんでも国外から来た病で、王都では無視できない患者が出ているとか」

真剣な表情でオスカーが続ける。

「我が領地内で確認された患者の数はまだ少数ですが、対策を講じるに越したことはないかと」

「ふむ……」

資料をじっくり眺めた後、ローガンは言う。

「ひとまず、医師団に予防策と治療法の検討の文を送ってくれ。また、領地民への情報提供を図るべく、町の広場や教会に告知と配布を頼む」

「かしこまりました」

オスカーが恭しく頭を下げる。

「大事にならないといいがな……」

そう言った後、ローガンは大きなため息をついた。

しばらくして、オスカーが再び口を開く。

「話は変わりますが……ローガン様、先ほどから何やら難しい顔をしておりますな？」

「ここ最近、仕事の量を減らしているから顔色は良いはずなんだがな」

「疲労とは別の……推測ですが、アメリア様に関する心配事でしょうかな」

ローガンの眉がピクリと動く。

「やはり、わかるか」

「長い付き合いですので」

ほっほっほと、オスカーが優雅に笑う。

椅子に深々と腰を埋《うず》め、大きく息をついてからローガンは口を開いた。

「アメリアに提案したのだ。アメリアの持つ調合能力を、何かに役立ててはどうかと」

「ほう、ついに」

スッと、オスカーが目を細める。驚きと、期待が混じった瞳。

「決断の早いローガン様にしては、時間を要しましたね」

「多忙を言い訳にしたいところだが……俺の中で、考えと気持ちの整理がつかなかった事が大きな原因だろう」

「無理もありません」

目を伏せ、オスカーが首を振る。

「アメリア様は境遇にそぐわぬ、凄まじい能力をお持ちです。下手すると国全体に影響を及ぼしかねない。彼女の力の取り扱いには、細心の注意を払うに越したことはないかと」

「違いない」

「それで、アメリアはなんと？」

「考えさせてほしい、とのことだ」

「なるほど」

顎に手を添えて、「ふむ……」とオスカーは考え込む。

「アメリア様自身、まずは自分の力を受け入れることが先決ですな。おそらく自覚はなかったでしょうから」

「清々《すがすが》しいほど無かったな。末恐ろしいよ、本当に」

ローガンは続ける。

「道筋を提示するのは、少し早かったかもしれない。しかし、アメリアの力を早く役立てたいという思いもあった。アメリアは、公爵家のいち夫人に収まる器ではないからな」

「仰る通りです」

「だが大前提として、アメリアには、アメリア自身がしたいと思うことをしてほしい。彼女の意思を第一に優先してほしい、という気持ちがあった。彼女の力を使ってどうこうしようという気は全くないからな。だが……」

眉間に皺を寄せ、ローガンは言う。

「それがむしろ、アメリアにとって難しいことだったかもしれないな」

「そうですね……」

考え込んでからオスカーは言う。

「ただの推測でしかないですが、アメリア様は自分で物事を決断することが苦手に思えます。今までの家庭環境を鑑みると、周りに言われるがままに行動する方が性に合っていたのかと」

「それは間違いない。だから今、俺の余計な気遣いのせいでアメリアが思い悩んでいると思うと、非常に申し訳ない気持ちだ」

大きなため息をつき、気が気でない様子のローガンにオスカーは目を細める。

そして、小さく呟いた。

「……本当に、優しい子に育ちましたね」

「何か言ったか？」

「いいえ、なにも」

ほのかな笑みを浮かべたまま、オスカーは小さく首を振った。

「ただ、アメリア様については、心配ないと思いますよ」

「その根拠は？」

「確かにアメリア様は自己主張が乏しく、自分の行く末を決める事が苦手かもしれません、ですが……彼女には元来、誰にも負けない強い芯がございます」

「強い芯」

「ええ」

以前と比べすっかり良くなった腰を見遣《みや》って、オスカーは言う。

「誰かの役に立ちたい、という素晴らしい芯です」

「……………なるほど」

オスカーの言葉はすとんと、ローガンの胸に落ちた。

アメリアが、誰かのために自分の身を犠牲にするのも厭《いと》わない、優しい子であることは周知の事実だ。確かにその点において、アメリアの信念は一貫していると言えよう。

その時、ノックの音が部屋に響いた。

◇◇◇

——コンコンッ。

「あの、アメリアです。今大丈夫でしょうか？」

アメリアがドアに向かって尋ねるとすぐ、「入っていいぞ」と言葉が返ってきた。

「失礼します……」

控えめな足取りで部屋に入る。

ローガンはいつもの仕事机に座っていて、そばにオスカーが控えていた。

「おや、噂をすれば」

オスカーが微笑ましそうな顔をして言う。

（噂……？）

と一瞬思ったが、当初の目的を優先して口を開く。

「お仕事中にすみません、お邪魔でしたでしょうか……」

「気にするな。もう終わるところだった」

「あっ、それなら良かったです」

ホッと安堵した後、アメリアはオスカーに言葉をかける。

「腰の調子はどう？」

「良すぎるくらいです。若い頃を思い出すようですよ」

「わっ、それは良かった！」

「アメリア様には感謝してもしきれません。本当にありがとうございます」

「どういたしまして」

にっこりと、アメリアは笑った。

同時に、再確認する。

（私の作った薬で……オスカーの役に立った……）

その事実によって、胸に温かな感情が広がっていくのを。

「立ち話もなんだ、座ろう」

「あ、はい。ありがとうございます」

ローガンがソファにアメリアを誘導する。

「それで、こんな夜遅くにどうしたんだ？」

仲良くソファに並んでから、アメリアが口を開いた。

「さっきの話……決断しました」

ローガンの表情に緊張が走る。

「……早いな。もっと時間をかけてもいいんだぞ」

「いえ……」

ゆっくりとアメリアは頭を振る。

「私の中で、答えは出たので」

一旦、深く息を吸い込んで。今一度、自分の考えを纏める。

なぜ、今まで迷っていたのか。答えは明白。

怖かったのだ。

（ローガン様は、私の能力が凄いと言ってくれた……）

けど、だからと言って自分の能力に絶対的な自信があるわけではない。

そもそもこの能力を母ソフィ以外に使ったのは、ヘルンベルク家に来てからが初めてだ。

故に、自分の持つスキルに対する自信は微妙と言って差し支えない。

それに植物の知識はまだしも、薬学の知識は人の命に関わる領域だ。

自分なんかが、そんな重要な役割を与えられていいのか。

失敗をしてしまうかもしれない。

周りが望むような成果が出せなくて失望されてしまうかもしれない。

そんな恐怖が根底にあって踏み出せないでいた。

ようするに、自分の自信の無さが、決断に歯止めをかけていたのだ。

（でも……それでも……）

——アメリア様には感謝してもしきれません。本当にありがとうございます。

オスカーの言葉を思い出す。

——肩を痛めていたのじゃが、アメリアの薬でとても良くなった。お主のおかげでまだまだ現役を続けられそうじゃ。ありがとう、アメリア。

シャロルの言葉を思い出す。

——最近、妙に体の調子が良くてな。アメリアのくれたダージリンのおかげか。

そして、ローガンの言葉を思い出す。

皆からお礼を言われた時、確かに抱いた感情があった。

『皆の役に立てて、嬉しい』という感情だ。

（私は……私自身が誰かの助けになって、その人が喜ぶことが嬉しいんだ……）

そう、アメリアは自覚しつつあった。

――将来、アメリアのことを大事にしてくれる人が現れたら……その時は、たくさん魔法を使ってあげて。

いつか母が口にした言葉を思い出す。

母から教えられた魔法――長い時間をかけて身につけた能力を、皆のために使いたい。

失敗することもあるだろう。

うまくいかないこともあるだろう。

期待した成果が出ず周囲を失望させてしまうこともあるだろう。

（それでも……私はやりたい！）

考えは纏まっていた。

自分の中にある、はっきりとした強い思いをアメリアは感じ取った。

とりあえず、やってみよう。

何か障害が立ちはだかった時は、その時に考えよう。

覚悟を、決めた。

「もし、私の知識や能力が、たくさんの人の役に立つのでしたら……」

瞳に強い意志を灯し、ローガンの目をまっすぐ見て、アメリアは言う。

「私は、精一杯、やらせていただきたく思います」

アメリアの言葉を聞いたオスカーが柔らかく微笑む。

ローガンの返答までは、間があった。

「……そうか」

短い言葉。

しかしその双眸《そうぼう》は優しく、口元には微かな笑みを灯している。

「アメリアの考えはよくわかった」

そう言ってから、ローガンは深々と頭を下げた。

「勇気ある決断、感謝する」

「そ、そんなっ……頭を上げてください、私は別に……」

「たくさん、思い悩んだのだろう?」

ローガンの問いに、アメリアはハッとする。

気まずそうに目を伏せ、アメリアは答える。

「……それなりには」

「やはりな」

微かに目を細めてローガンは言う。

「未知の場所に踏み出すには相当な覚悟が必要だ。それも、今後の自分の行く末を左右するような事柄に関してはな。だから、よく頑張ったと思う」

「ローガン様の後押しのおかげです……私の方こそ、ありがとう、ございます」

ローガンは、自分に役割を与えてくれた。

そのことに、両手から溢れんばかりの感謝を口にするアメリアであった。

「それで、まず手始めに……これからどうしたい？」

「そうですね……」

少し考えてから、アメリアは言う。

「可能であれば、植物や薬学の分野を専門家の方に、しっかりと教えを請いたく存じます」

「今でも充分な知識を持っていると思うが」

「とはいえ私は別に、ちゃんとした学校に通って学んだわけではなく、独学です。曖昧な知識や、もっと改良すべき知識もあるかと思うので、一からきちんと学んでみたいのです」

「なるほど……」

頷くローガンに、オスカーが口を開く。

「私の古い友人の伝で、植物を専門に研究している者がございます。その方に当たってみるのもよいかもしれませんね」

「ほう、植物専門の研究者か。良いかもしれないな」

顎に手を当て、ローガンは考える素振りをする。

「とりあえず、何人か候補を出して、その中から決めていきたいと思う。一旦、この話は俺の方で持ち帰らせてほしい」

「ありがとうございます！　とても、助かります……」

深々と頭を下げるアメリアの胸中は、雲ひとつない春空のように涼やかだった。

第二章　わがまま

翌朝、ヘルンベルク家の庭園。

ひんやりとした空気に時折、鳥たちの歌声が混じり合う。

静寂と生命力が手を取り合う様は、新しい一日の始まりを感じさせていた。

そんな中、アメリアはライラと一緒に屋敷の外を歩いている。

眠気覚ましも兼ねた、朝の散歩の時間だった。

「ふーんふふふーん♪」

アメリアの口ずさむメロディは、朝日に呼応するように軽快で楽しげだ。

朝露に濡《ぬ》れた花々や、木々の間を飛び跳ねる小鳥たちでさえ何か特別な光景に見える。

「アメリア様、今日はとても機嫌が良いですね」

「あ、わかっちゃう？」

アメリアの口元が綻ぶ。

——もし、私の知識や能力が、たくさんの人の役に立つのでしたら……私は、精一杯、やらせていただきたく思います。

昨夜のローガンに言った言葉。

自分の意思で決断を下せた事が、未《いま》だに喜びの糸を引いていた。

「こ、これは……!!」

一方のライラは両目をきゅぴんと光らせて、恋話に花を咲かせる乙女のような顔をして言う。

「アメリア様、ついにローガン様と大人の階段を……!?」

「おおおお大人の階段!?」

ぼむんっと、アメリアの顔が一瞬にして茹《ゆ》で上がる。

「そそそそういうんじゃないから！　ちょっと私的に成長出来た事があって、それが嬉《うれ》しかっただけ！」

アメリアが弁解するように言うと、ライラは「なあんだ」とちょっぴり残念そうな反応をする。

「でも、成長ですか……」

ふむ……と黙考してからライラは言う。

「確かに私から見ても、アメリア様は、この屋敷に来た時と比べると変わったように見えます」

「そ……それはいい方に？」

「ええ、もちろん」

恐る恐る尋ねるアメリアに、ライラは優しい微笑《ほほえ》みを浮かべて頷《うなず》く。

「以前にも増して……アメリア様は、とても明るくなりましたよ」

ライラの言葉に、胸をスッと新鮮な空気が抜けた。

「確かに、そうかもしれないわね」

以前の自分と比べて、今の自分は多少前向きになっている。

実家にいた頃は何もかも諦めて、他人の操り人形として自我のない生活を送っていた。

しかしヘルンベルク家に来て、ローガンがアメリアの本音を引き出してくれた。

そして、シルフィ、オスカー、ライラと言った優しい人たちと過ごすうちに、少しずつ素が出せるようになっていった。

加えて、先日のメリサ襲撃事件も影響が大きい。今まで逆らうことのできなかったメリサに対して、アメリアははっきりと自分の意思を伝え、抵抗した。

暗く沈んでいた操り人形の目に、明確な光が灯《とも》ったのだ。

以降、アメリアは少しずつ、元来の性格を取り戻していったのだろう。

「ありがとう、ライラ」

「えっ、突然なんのお礼ですか？」

「んー、色々？」

「よ、よくわかりませんが……どういたしまして？」

きょとんと小首を傾《かし》げるライラに、アメリアがふふっと笑った。

それからしばらく庭園を歩いていると。

「アメリア様！　見てください！　『ユキアゲハ』ですよ！」

ライラが指さした先に、白と紫の繊細な色合いが交じった美しい花が咲いていた。

「わっ、本当！」

ユキアゲハの元に駆け寄る二人。

華やかさと、どこか凛《りん》とした雰囲気を持つ花の姿にアメリアの瞳は輝きを増した。

「綺麗《きれい》ですね……」

「本当、『冬の妖精』と呼ばれるだけあるわ」

「冬の妖精？」

「そう。ユキアゲハは美しいことはもちろん、冬の訪れとともに花を咲かせるの。だから『冬の妖精』って呼ばれるのよ」

「流石《さすが》アメリア様！　相変わらず博識ですね……」

感心したようにライラは言う。

「知ってても特に役に立たない知識だけどね」

「そんな事ないですよ」

苦笑を浮かべるアメリアに、ライラは真剣な眼差《まなざ》しを向けている。

「たった今、役に立ったじゃないですか。私は花に関する新しい知識を知る事ができて、ひとつ賢くなりました。ほら、とっても役に立ちました！」

屈託のない笑みを浮かべて言うライラに、アメリアは言葉を詰まらせてしまう。

（すぐ自分を否定してしまうのは……悪い癖ね）

少しずつ直していかなければいけないなと、改めて思うアメリアであった。

その時、びゅうと冷たい風が吹いて二人を包む。

「もうすぐ冬ですねえ……」

ライラがぶるるっと身を縮こませながら、のんびりとした調子で言う。

「冬……そうね、冬ね……」

アメリアの表情が強張《こわば》った。

脳裏に蘇《よみがえ》るのは薄暗い記憶。思わず、アメリアは遠い目をした。

（実家の離れにいた時は、冬は毎年大変だったな……ご飯も薪《まき》もほとんど貰《もら》えなくて、手はよく擦り切れるし、何度も何度も凍えてたっけ……）

ふと、自分の両手に目を向ける。

擦り切れひとつない、綺麗な手だ。

改めて、温かい部屋に、美味《おい》しいご飯のある生活は幸せだなとアメリアは思った。

「アメリア様？　なぜそんな遠い目をしているのですか？」

ライラに訊《き》かれてハッとする。

「ううん、なんでもないわ」

わざわざここで気を遣わせるような話をする必要もないので、アメリアは話題の舵《かじ》を切る。

「確か、ライラの実家は花屋さんだったよね？」

「そうですそうです！　なので、綺麗なお花を見るとつい、吸い寄せられちゃうんです」

「うふふ、すっごく気持ちがわかるわ」

何気ない気持ちで、アメリアは話を続ける。

「私も、お母さんが植物好きで、子供の頃から色々教えてくれたの。ライラも、お母さんが植物好きとか？」

「お母さん……」

今までの明るい声色とは違う、微《かす》かに曇りを帯びた声。

「ライラ？」

「あ、すみませんっ、ボーッとして……そ、そうですね、母がとても……植物が好きで、それが高じてお花屋さんをやり始めた、という感じです、はい」

何故《なぜ》か言葉がおぼつかなくなったライラに、アメリアは首を傾げる。

「そうなのね。きっと、素敵なお花屋さんなんでしょうね」

そう返すも、ライラは「はい、まあ……」と煮え切らない返答を口にするばかりであった。

（気のせいかしら……？）

ライラの瞳に暗い影が落ちたような気がしたのは。

◇◇◇

散歩を終え、屋敷に戻る頃にはアメリアのお腹《なか》はすっかり空腹を訴えていた。

「今日の朝ごはんはとっても美味しいに違いないわ」

食堂へ向かいながら確信的な笑みを浮かべると、隣でライラが苦笑を漏らす。

「昨日も同じことを言っていましたね」

「そうだったかしら？」

「ちなみに今日の朝ごはんのメインはレクルト産のソーセージですよ！」

「ソーセージ！　いいわね！　ケチャップと一緒に食べると最高なの……」

そんなやりとりをしながら廊下を歩いていると。

「あ、おはようございます、ローガン様！」

見覚えのある人影が見えてアメリアの声が弾む。

こちらに歩いてくるローガンは従者を連れていた。

「おはよう。散歩帰りか？」

「はい、ライラと一緒に」

ライラがゆっくりとした所作でローガンに頭を下げる。

「ローガン様も、これからお散歩ですか？」

「お散歩の格好に見えるか？」

「ばっちりお仕事の格好ですね……」

ローガンの服装は紛れもなく、これから堅い仕事に赴く者の格好だった。

胸元にはヘルンベルク家を象徴する模様のブローチ。

上品なホワイトシャツにきちんとネクタイを締め、その上から金糸が織り込まれた純白のジャケットを着ている。

頭からつま先まで、まさに公爵貴族の正装に身を包んでいた。

「今から王城へ行ってくる。帰りはおそらく、夕方頃だな」

「朝からお疲れ様です……気をつけていってらっしゃいませ。それと……」

ちらりと、ローガンのそばに控える従者の少年に目を向ける。

アメリアの視線に気づき、少年は一歩前に出た。

「お初にお目にかかります、アメリア様。自分は、ローガン様の従者をしております、リオと申します。ここしばらく休暇をいただいており、ご挨拶が遅れてしまいました」

そう言って、少年――リオはかっちりとした所作でお辞儀をした。

アメリアに何人か使用人がいるように、ローガンもオスカーをはじめとして複数の従者を引き連れている。

リオも従者の一人らしいが、アメリアは初めて出会った。

鋭く凛々《りり》しい眼光、しかしその端整な顔立ちはどこか少年っぽさを残している。

くすんだ金色の髪は整髪され、淡いグレーの瞳は清潔で落ち着きがあった。

歳《とし》はアメリアよりも僅かに上くらいに見えた。

身長はローガンよりも少し低めだが、その背筋はしっかりと伸び、肩は広く引き締まっている。

従者らしく装飾は控えめの、きっちりとした服装だった。

「初めまして、ローガン様の婚約者のアメリアよ。これからどうぞよろしくね」

アメリアが微笑みかけて言うと、リオはじっと品定めするような目をして。

「はい、よろしくお願いいたします」

素気《すげ》なく言ってから、ローガンの後ろに下がった。

間を置かずローガンが補足する。

「リオは元々軍に所属していて、その戦闘能力はお墨付きだ」

「ということは、とっても強いのですね」

「ああ、俺の護衛として、一番の信頼を置いている」

「お褒めに与り光栄です」

今まで硬く動かなかった表情を綻ばせ、どこか誇らしげにリオが言う。

（取っ掛かりがなさそうな人だと思ったけど……）

親に褒められて嬉しがる子供のような笑みを浮かべるリオに、その印象は変わった。

「それにしても、軍に所属していたなんて、凄《すご》いんですね、リオは……」

離れでの隔離生活が長かったアメリアに軍の知識は皆無に近い。

しかし、この国を守る最前線の集団ということには変わり無いため、戦闘能力はおろか運動神経もダメダメなアメリアは素直に尊敬の念を抱いた。

そんな心情から出てきたアメリアの言葉に、リオはぴくりと眉を動かして言う。

「ローガン様の御身をお守りするのですから、当然のことです」

淡々と告げられる言葉の中に微かな棘《とげ》が含まれているように感じて、アメリアはほんの少しだけ首を傾げた。

「ローガン様、そろそろ」

「ああ、そうだな。では、行ってくる」

「はいっ、行ってらっしゃいませ！」

アメリアが元気よく言うと、ローガンは少しだけ頬を緩めてから玄関へと向かった。

「ローガン様は言うまでもないですが、リオさんもカッコいいですね……」

二人の背中が見えなくなってから、ライラがうっとりしたような目で言う。

一方のアメリアは釈然としない顔をしていた。

「私、リオに何か失礼なことでもしたかしら。ちょっと警戒？　されていたような……」

「あっ、あー……」

ライラが何かを察したような顔をする。

「気にする必要はないと思いますよ。リオさん、ローガン様以外にはあんな感じなので」

「なるほど……つまり、ローガン様をお慕いしているのね！」

「絶対的な忠誠を誓っていますね。これは聞いた話ですが、軍を除隊されて行き場を失っていたところをローガン様に雇用されたとか、なんとか……」

「なるほど、色々な事情があるのね……」

少しばかり、リオに対して親近感を抱いた。アメリア自身も、家族から厄介者扱いされていた中で、ローガンに婚約者として見初められたから。

（そのうち、リオとも仲良く出来たら良いな……）

そんなことを思うアメリアであった。

◇◇◇

昼食を終えてから一息つくこともなく、アメリアは書庫に足を運んだ。

屋敷の書庫は広大で、床から天井まで聳《そび》え立った本棚がいくつも並び、多種多様な本が整然と並べられている。

ふわりと漂う紙とインクの匂いが、アメリアは何気に気に入っていた。

その中で、アメリアが最も頻繁に訪れる場所は学術的な書籍が揃《そろ》う場所。

特に植物に関する書籍がずらりと並んだエリアが、アメリアのお気に入りだった。

「わっ、これも見たことない本……」

記憶にない書籍のタイトルに、アメリアの手が思わず吸い寄せられる。

初めて書庫を訪れた時に比べて、所蔵されている本の数は明らかに増えていた。

植物ラブなアメリアのために、ローガンが新たにたくさんの本を仕入れてくれたのだ。

そんなローガンの気遣いによって所蔵された数々の本の中から、『緑の辞典』というタイトルの本を手に取る。

ふんふーん♪　と鼻歌を奏でつつ、書庫に設置された椅子に座ってアメリアは本を開く。

『緑の辞典』には、様々な植物の絵と共にその生態や性質、用途が詳細に記されていた。

「ふむふむ……『カミツレ』は美容液として相性が良い……あと、茶葉としての利用も出来るんだ。乾燥させるだけで長期間利用可能なんて、使い勝手もなかなかいいわね……」

一文字一文字吸い込むようにしてアメリアは知識を摂取していく。

数々の植物の有用性や保存方法などの知識が、彼女の頭の中で新たな形を作っていく。

昨日ローガンと話したこともあって、アメリアの読書欲は盛り上がっていた。

自分の植物の知識を活《い》かす機会がやってくる時に備えて、少しでも勉強しようという心がけであった。気がつくと、のめり込むように本の世界に入っていった。

そうして、どれくらい経《た》っただろうか。

「アメリア様、そろそろ休憩しませんか？」

本に穴が空く勢いで読み込むアメリアに、シルフィが声を掛ける。

細い眉を少し下げて、シルフィは心配そうな表情をしていた。

「ごめん、ちょっと待ってね。今いいところなの」

「もうかれこれ三時間も続けて読んでいるのですが」

「えっ、そんなに!?」

現実に引き戻されたアメリアがギョッとした表情になる。

「確かに言われてみると喉は渇いたわね……唇も、心なしかカサついているような……」

「せめて水だけでも飲んでください。そのうち脱水症状で倒れないかと、こっちは心配でなりません」

「うう……わかったわ……」

渋々、アメリアは本に栞《しおり》を挟んで閉じる。

すかさず、シルフィがコップをテーブルに置いてくれた。

「ありがとう」

コップに注《つ》がれた水を喉にくぴくぴ流し込むと、しおしおだった全身が瑞々《みずみず》しく潤っていく。

ホッと、アメリアは息をついた。

「ぷはあ、生き返る……」

「もう一杯飲まれますか？」

「ええ、お願い」

再びくぴくぴと水を流し込むアメリアにシルフィは言う。

「熱中するのはいいですが、根を詰め過ぎないようにお願いしますね」

「わ、わかった、気をつける。ごめんね、心配をかけて」

「いいえ、お気になさらず。むしろ、良い傾向なのではないですか？」

「良い傾向？」

「ええ。今のアメリア様は生き生きしていて、とても楽しそうに見えます」

「うん、そうね……」

コップをテーブルに置いて、ふふっと笑みを溢《こぼ》すアメリア。

「楽しいのは、間違いないわ」

(私は植物も、植物を調合するのも、薬を作るのも好き……)

その好きなことが、誰かの役に立つのであれば俄然《がぜん》やる気が湧いてくる。

充実感、とでも言うのだろうか。身体中《からだじゅう》に力が満ちているような、今までの人生で抱いたことのない感覚をアメリアは抱いていた。

「さて、じゃあまた読書に戻るわ」

「行ってらっしゃいませ。今度は干からびないように気をつけてくださいね」

「流石にまた同じことは……あるかもしれないから、頃合いを見て声をかけてちょうだい」

「ですよね、知ってました」

シルフィが苦笑を浮かべたその時。

「……珍しいな、書庫に人がいるのは」

聞き慣れない、低い男性の声。

振り向くと、入り口に佇《たたず》む一人の男の姿が視界に入った。

◇◇◇

入り口からこちらに歩いてくる男の姿はよく目立った。

普段は見かけない雰囲気を醸し出す男だった。

身長は高く、肩幅も広く、まるで岩のような頑丈さを感じさせる。

その筋肉質な体つきは服の上からでも一目瞭然で、切り詰められた黒髪は後ろへと流している。

端整な顔立ちには鋭い光を灯した切長の瞳と、頬に残る決して小さくない切り傷が印象的だった。

彼が身に纏《まと》うのは黒を基調とした正装で、その厳格な雰囲気は軍服を思わせる。

そして何よりも腰に差したスラリと長い剣が彼の存在感を一段と引き立てていた。

（軍人、さん……？）

その風貌や服装から、アメリアはそう察した。

しかし何よりも引っかかる点があった。

（ローガン様に、似ている？）

目鼻立ちといい、身に纏うぶっきらぼうな雰囲気といい。

どことなく、ローガンに似ているような気がした。

そんなことを考えている間に気がつくと、男はアメリアのそばまでやってきていた。

「貴様が、例の……」

アメリアを静かに見下ろしながら、男が口を開く。

聞いたことがないはずなのに、どこか覚えのある声だと心が反応する。

「あの、えっと……」

男が放つ独特な威圧感に、アメリアは言葉を選べないでいた。

じっと、男は品定めをするようにアメリアを見つめた後。

「なるほど、あの腑《ふ》抜《ぬ》けが選びそうな小娘だ」

ふっ、と男は小さく笑って言う。

その笑みはどこか見下すようなもので、アメリアは余計に萎縮してしまった。

「クロード様」

一方のシロフィは、クロードと呼んだ男に深々と頭を下げた。

「久しいな、シルフィ。三ヶ月ぶりか？」

「いえ、半年と、十日ほどぶりかと」

「そんなにか。やはり、戦場は時の感覚を狂わせるな」

男――クロードとシルフィは顔馴染《かおなじ》みらしい。

（戦場というと、やっぱり軍人の方……？　だとしたら、そんな人がどうして、この屋敷に……）

ふと、アメリアはクロードの胸元で光るブローチに気づく。

（あれ、そのブローチ、ローガン様がしているのと同じ……）

「おい、娘」

声をかけられ、アメリアの方がびくりと震える。

「名は、なんと言う？」

反射的に、僅かに身を強張らせてしまった。

実家での生活の影響もあってか、この手の威圧感のある声はどうも苦手だった。

動揺を悟られないよう静かに深呼吸をしてから、アメリアは口を開く。

「……アメリア、です」

「聞かない名だな。結婚に興味がなさ過ぎて、身分不相応な令嬢と婚約を結んだと言うのは、どうやら本当だったらしいな」

身分不相応という言葉に、ちくりとした痛みが胸に走る。

令嬢と婚約を結んだ——その人物がローガンであることをアメリアは反射的に察した。

言っていることは正論で、言い返すような胆力もないアメリアを、クロードはつまらなそうに見下ろしている。

「クロード様もご多忙でしょう。陽《ひ》が沈まぬうちに、用事を済ませては？」

肩身の狭そうな顔をしているアメリアを見遣《みや》って、シルフィが口を開く。

その声は普段よりも少し強く、心なしか鋭い目をクロードに向けていた。

「ああ、そうだな」

クロードがポケットに手を突っ込み、何かを取り出す。

煤《すす》と傷でボロボロになった、一冊の本だった。

書庫で見る小綺麗な本たちとは違う、文字通り修羅場を掻《か》い潜《くぐ》ってきたような本をアメリアは思わず凝視する。

「頼む」

本をシルフィに渡すクロード。

その動作には何の躊躇《ためら》いもなく、シルフィへの信頼が感じられた。

「また、派手にボロボロにしましたね」

困ったようにため息をついて、シルフィは本にそっと指を添わせる。

その手つきはまるで、傷ついた子供を撫《な》でるかのよう。

「お守りだからな。今回の遠征でも、世話になった」

そう言って、クロードは踵《きびす》を返した。

二人に背を向けたまま、すぐそばにあった本棚に歩み寄る。

しばらく本棚を物色していたかと思うと、視線が止まる。

「次はこれにしよう」

手にしたのは、一冊の文庫本。

タイトルとシンプルなデザインが描かれた表紙をそっと撫でた後、クロードは本をポケットに入れた。それからゆっくりと、書庫を見渡して。

「ここは、平和の匂いがするな」

ぽつりと深みを含んだ言葉を口にしてから、クロードは書庫を後にした。

彼の一挙一動に、アメリアは最後まで目を離さないでいた。

◇◇◇

「ローガン様のお兄様……!?」

書庫にアメリアの驚声が響き渡る。

「はい、クロード様はローガン様の三つ上の兄です」

先ほどクロードから受け取った本の汚れを落としながら、シルフィが淡々と言葉を並べる。

「なるほど、どうりで……」

「似ている部分が多いですよね、顔立ちといい、雰囲気といい」

アメリアが思っていたことを、シルフィが代弁してくれる。

「性格は全然違いますが」

と、シルフィがどことなく棘を含んだ声を漏らす。

「クロード様は、トルーア王国軍所属の軍人です。普段は軍務に当たっているので、この屋敷にいらっしゃるのは珍しいのですが……」

（やっぱり、軍属の方だったんだ……）

妙な納得感を抱きつつ、頭の中で記憶の糸が伸びてくる。

——代々武道家の家系だったそいつの両親は、そいつよりも武術の才も秀でている兄の方に愛情を注いだ。

以前、ローガンが漏らした言葉だ。

あの時、ローガンの瞳には複雑な感情が渦巻いていた。

ローガンとクロード。

二人の兄弟の間に何かしら確執があったことは想像するに容易《たやす》い。

（大きくて、威圧感のある人……でも、本を大切にしているみたいだったな……）

ちらりと、アメリアがシルフィの手元の本を見遣る。

その視線に気づいたシルフィが「ああ……」と口を開く。

「この本は、クロード様が前回、屋敷を訪れた際に持って行ったものですね」

「前回、ということは」

「ええ。クロード様は屋敷に来るたびにこの書庫に立ち寄って、本を一冊持っていくのです」

「なるほど、本が好きな方なのね」

なんでもない風にアメリアが言うと、シルフィは「ええ、おそらく」と要領の得ない言葉を口にする。

「でもその本、随分とボロボロのような」

「クロード様は軍人ということもあって、危険が伴う場所に行くことが多いのでしょう。ほぼ毎回、本をこのようにして持ち帰ります」

その声には、クロードに対する微妙な感情が込められていた。

少なからぬ尊敬と、彼の行動に対する困惑が混ざっているように見える。

「その度に、私が修繕しているわけですが……まあ、もう慣れましたけど」

子供が汚してきた服を洗う母親のように、シルフィが嘆息する。

（やっぱり奥が読めない、不思議な人だなあ……）

シルフィの話を聞きながら、アメリアはそんなことを思った。

◇◇◇

その後、アメリアは読書に戻って再び本の世界に没頭したが、じきに夕食の時間となった。

例によってちょうど良いところでの中断となったので、アメリアは自分の部屋に本を持っていくことにする。

本を抱えて部屋に戻る途中、ちょうど屋敷に戻ってきたローガンと鉢合わせた。

リオは連れておらず、ローガンは一人だった。

「お帰りなさいませ、ローガン様」

「ああ、ただいま。書庫に行っていたのか？」

「はい！　『緑の辞典』という、とっても素晴らしい本と巡り会えたので、一日中読み耽《ふけ》っていました」

砂浜できれいな貝殻を見つけて、親に見せにきた子供のように目を輝かせるアメリア。

「凄いんですよこの本！　国内のありとあらゆる植物についてたくさん書かれていて、読んでいたらいつの間にか時間が過ぎ去ってしまうんです！」

興奮した様子のアメリアに、ローガンが口角を持ち上げる。

「とにかく、良い出会いがあったようで何よりだ。見たところ、最近、新しく仕入れたものか」

「そうです、そうです！」

こくこく！　とアメリアが首を縦に振る。

「たくさん本を買ってくださってありがとうございます。本当に、感謝しています……」

「礼には及ばない。アメリアが楽しんでくれているのなら、それで充分だ」

さらりと言うローガンに、アメリアの胸がキュッと音を立てる。

「それにしても、本当に勉強熱心だな」

「そ、それほどでもないです……」

褒められて、アメリアはほんのり頬をいちご色に染めた。

「ローガン様も、これから夕食ですか？」

「そうだ、と言いたいところだが……すまない。屋敷に人を待たせていてな。今から会わないといけない」

「あら、お客様ですか？」

自然な流れでアメリアが尋ねるも、ローガンの返答まで間があった。

「……まあ、そんなところだ」

ローガンの瞳に、ゆらりと影が落ちたのをアメリアは見逃さなかった。

（あんまり、会いたくなさそう……？）

その時、ローガンの目がシルフィの持つ本に留まる。

「その本は……」

ローガンが言うと、シルフィは諦めたように事実を告げた。

「先ほど、クロード様が書庫にいらっしゃいました」

「なんだと!?」

ローガンが声を張り上げた。

それから前触れなく、ローガンがアメリアの肩を摑《つか》んだ。

「何かされてないか!?　嫌なこととか、痛いこととか……乱暴されたりしていないか!?」

アメリアに迫るローガンの眼差しは真剣そのものだった。

両眼には焦りと心配が入り混じっている。

突如として表情を変えたローガンにアメリアは言葉を詰まらせてしまう。

「え、えっと……何もされていませんよ？　クロード様とは、二言三言、言葉を交わしただけです
……」

戸惑いながらも、なんとかアメリアは返答する。

「そうか……」

ホッと、ローガンは安堵《あんど》した表情になった。

強張っていた肩から力が抜けるのを感じる。

「あの、ローガン様……？」

アメリアが瞳に困惑を浮かべているのに気づいて、ローガンは肩から手を離す。

「すまない、驚かせてしまった」

「い、いえ、あの……」

聞いていいのかわからない。

だが、知りたいという気持ちの方が優《まさ》って、問いかける。

「ローガン様は、クロード様と、その……」

「関係は良好とは言えない」

アメリアの質問の意図を察したローガンが先回りして答える。

「だが……」

目を細め、ゆっくりと息を吐いた後に、ローガンは言った。

「それでも、兄弟であることは変わりない」

まるでどこかへ吐き出すような言葉は、アメリアの心に妙に響いた。

それから何も言わず、ローガンは歩き始める。

彼の背中が静かな廊下の向こうへと消えるのを見つめながら、アメリアは考え込む。

ローガンの兄、クロード。

彼に対する印象は、決して一言で表せるものではなかった。

あの強烈な存在感と、それとは対照的な本への愛着。

そして何より、ローガンとの微妙な関係性。

頭の中で、まだ見ぬパズルのピースが現れたような気がした。

◇◇◇

ヘルンベルク邸の応接間は王族関係者の訪問も想定しているのもあって、他の部屋と比べると一層絢爛《けんらん》な内装になっている。

防音のため壁も厚く作られており、中での会話が外に漏れることはない。

そんな部屋の中央、豪華なソファにローガンとクロードが対面で腰掛けていた。

「…………」

「…………」

もう長い間、二人の口から言葉は出ていない。

最初に軽くぶっきらぼうな挨拶は交わしたが、それっきりだった。

おおよそ、久しぶりに顔を合わせる兄弟とは思えない重苦しい空気が応接間に漂っている。

「コ……コーヒーと、紅茶になります……」

僅かに上擦った声で、ライラがテーブルに飲み物をセットする。

二人から滲《にじ》み出るオーラに圧倒されているのか、手つきも微かに震えていた。

それを終えると、ライラは深々と頭を下げてそそくさと退室していく。

クロードがコーヒーに口をつけるのを待って、ローガンもカップに手を伸ばす。

兄弟とは言え、そこには見えない上下関係が存在していた。

「紅茶か」

久しぶりに口を開いたのはクロードの方だった。

ローガンのカップに入った焦茶色の液体を見て、鼻を鳴らすように言う。

「最近、凝っているんです。なんでも疲労回復の効果があるらしく、仕事が捗《はかど》っています」

「ふん。相変わらず、面白みのない男だ」

切り捨てるように言うクロードに、ローガンはぴくりと眉を動かす。

「……早く要件を言ってください。わざわざ嫌味を言うために来たわけでは無いのでしょう？」

「嫌味を言うためだけに来たと言ったら？」

「貴方《あなた》に対する評価を下げるまでです」

「まだ俺に対する評価は下がる余地があったのか、嬉しいことを言ってくれる」

「紅茶を飲み終えたら、仕事に戻っていいですか？」

「不許可だ」

「では早く……」

「そう急《せ》かすな。『急いては事を仕損ずる』と言うだろう？」

クロードはゆっくりとした所作で、胸ポケットからタバコを取り出し一本を口に咥《くわ》える。

すかさずローガンが、火をつけたマッチをクロードの口元に持っていった。

特に礼を言うこともなく、タバコを吹かしながらクロードは話を始める。

「我が国が、ラスハル自治区への海外派兵を、もう何年も行っているのは知ってるな？」

「確か、兄上が派兵されている……」

クロードが頷く。

ラスハル自治区は、それぞれ異なる宗教を信仰する二つの国が、領土を巡って争いを続けている領域のことだ。

攻防は一進一退を極め、地上戦はもちろんのこと、市街地でのゲリラ戦や指導者の暗殺などありとあらゆる手段が用いられており、戦況は泥沼化している。

二つのうち一方の友好国であるトルーア王国が支援のため、何千もの兵をラスハル自治区に送っている、というのがローガンの持っている知識であった。

「我が軍はシルベルト派のゲリラ組織の鎮圧に手を焼いている。率直に言うと、そこでの戦況が芳しくなくてな。消耗戦に入っていて、人員も不足している」

淡々と情報を口にした後。

「そこでだ……」

本題とばかりに、ローガンを見据えてクロードは言う。

「参謀として、お前を任命したいと思っている」

「参謀……ですか」

訝《いぶか》しげにローガンは目を細める。

「と言っても、何も前線に着任しろというわけではない。比較的後方の地で頭を使えば良いだけの話だ。そこで成果を上げれば、国内でのお前の評価は上がり、ヘルンベルク家としての名声も高まる。そう考えれば、楽な仕事だろう？」

クロードの説明に、ローガンは眉を顰《ひそ》める。

「軍略についての学問は、基礎知識程度しか修めていませんが」

「本件の意思決定においては最も関係ないことだな。お前のその、『一度見たら忘れない記憶力』を使えば、すぐに専門家の仲間入りだ」

タバコを指で挟み、ローガンに顔を近づけてクロードは続ける。

「俺はお前の、頭脳だけは買っている。トルーア王国第三師団団長、クロード・ヘルンベルク直々の頼みだ。光栄に思え」

クロードの提案に、ローガンはしばし黙考する。

しかしさほど時間を要さず返事を口にした。

「半年前にこのお話を頂いていたら、一考をしていたかもしれません」

「あの婚約者か」

ぴくりと、ローガンの眉が動く。

そのまま何も言わないローガンを見て、クロードはタバコを咥え直しつまらなそうに煙を吐いた。

「お前も、腑抜けたものだな」

「……アメリアは、関係ありません」

「どうだか」

香のように立ち込めるタバコの香りに僅かに顔を顰《しか》めながら、ローガンは言葉を返す。

「その役割が必ず私じゃないといけない、というわけでもないのでしょう。貴方は私を、自分の目の届く場所に置いておきたい。ただそれだけだ」

ローガンの言葉に、クロードがニヤリと口元を歪《ゆが》ませる。

ジュッ……と、タバコを灰皿に押しつけて。

「今日はこのへんでお暇《いとま》しよう。だが……」

ぎらりと、クロードの瞳が獲物を捉えた肉食獣のように光る。

瞬間、ローガンは咄嗟《とっさ》に頭を後ろに引いた。

ぶおっと空気が音を立て、今しがたローガンの頭があった位置をクロードの拳が切り裂く。

火の消えたタバコが宙を舞い、二人の視線が交差する。

続け様に迫るクロードの第二撃をローガンは瞬発的に腕で弾《はじ》いて防いだ。

「くっ……」

重い衝撃にローガンの顔が歪む。

二人が立ち上がるのは同時だった。

すかさず目にも留まらぬ速さでクロードが蹴りを放った。

――ローガンの身体ではなく、テーブルに。

けたたましい音を立ててテーブルがひっくり返る。

回避行動が遅れたローガンの両脛《りょうすね》に当たった。

両足から力が抜けて重心の下がったローガンの腕をクロードが掴み、持ち上げた。

宙を踊っていたタバコが、床に虚《むな》しく転がる。

ふん、とクロードは勝ち誇った笑みを浮かべて口を開いた。

「腕が落ちたな。前までは五回は往復出来ていただろう」

「書類仕事に不意打ちは無いので」

「ヘルンベルク家の人間たるもの、不意打ちの二つや三つ対処できないでどうする。それに……」

ローガンの腕を見てクロードは言う。

「なんだこの細腕は。これじゃ、あのひ弱な婚約者一人守れんぞ」

「……余計なお世話です」

吐き捨てるように言うと、クロードはローガンを解放した。

「また会おう、我が弟よ」

「当分、お会いしないことを祈っています」

「そう言うな。神に見放されたら、流石の俺とて今生の別れかもしれないのだからな」

冗談めかすように言った後、クロードは身を翻し、ドアへと向かう。

「ああ、そうだ」

ぴたりと立ち止まって、クロードは言う。

「この屋敷の書庫に、そろそろ新しい本を仕入れろ。もう何度も読み返した本ばかりで、戦場の暇潰しにならない」

「植物に関する本でしたら、最近大量に入荷しましたよ」

「植物だと？」

クロードが訝しげに目を細める。

「最近、植物を愛する読書家が増えましたので。これを機に、学んでみては？」

ローガンが言うと、クロードは馬鹿馬鹿しいとばかりに鼻を鳴らして部屋を出ていった。

「どうか、ご無事で」

後に残されたローガンは、誰にも聞こえないような声量でそう呟《つぶや》いた。

◇◇◇

深夜の静寂が広がる庭園で、月明かりに照らされた花々が揺れている。

そんな庭園の一角に開けた場所があった。

のんびりティータイムを楽しんだり、ちょっと一休みするために作られた、ベンチとテーブルのみのシンプルなスペース。

そこは、夜になると星空を眺めることができる特別な場所に変貌する。

今宵《こよい》、ローガンはベンチに腰掛けぼんやりと夜闇を眺めていた。

いつもと同じく口元は固く閉じられているものの、端整な顔立ちはどこか浮かない様子。

夕食を済ませた後、ローガンはかれこれ三十分もの間こうしていた。

そんな一人の時間は不意に終わりを告げる。

「ローガン様」

振り向くと、寝巻きにストールを巻いた少女が一人。

「……アメリアか」

「シルフィから、こちらにいらっしゃると聞きまして」

トコトコとローガンのそばにやってきて、アメリアは尋ねる。

「お隣、よろしいでしょうか？」

「ああ」

ぺこりとアメリアは頭を下げて、ローガンの隣に腰を下ろした。

それから夜空を見上げて、「わあ……」と感嘆の声を漏らす。

「夜だと、こんなに綺麗な星空が見えるんですね」

「ちょうど今日は晴れているからな。いつもよりよく見える」

「ふふっ、幸運でしたね」

笑みを溢し、ローガンの方を見るアメリア。

「でも、珍しいですね」

「何がだ？」

「ローガン様、屋敷ではずっとお仕事をしている印象だったので、こうしてぼんやり空を眺めているお姿は、なかなかに貴重だなと」

「考えをまとめたい時や……少し、心を落ち着かせたい時には、空を眺めていたくなる」

「……なるほど」

アメリアが何かを察したような顔をする。

ローガンが感傷に浸っているのは、きっと兄との会合が原因だろうという予想はついていた。

しかしそれ以上は深掘りせず、アメリアは再び夜空を見上げる。

ほどなくして、ローガンが口を開く。

「何も、聞かないんだな」

「無理に聞くような事ではないので。ただ、落ち込んでいるかもしれないと思い、そばにいたいと思いました」

「……そうか」

アメリアから顔を背け、ローガンは溢す。

「優しいな、アメリアは」

「ローガン様ほどではないですよ」

ふふっと、アメリアは柔らかく微笑んだ。

それからしばらくの間、二人はぼんやりと星空を眺める。

冬の近い夜空は空気が澄んでいて、じっと見ていると眩《まぶ》しいほどの星々が広がっている。

「アメリア」

「はい」

「俺は、お前を守れているか？」

何の前触れもなく、ローガンが言葉を落とした。

アメリアはきょとんとした後、ふふっと口元を緩ませて言う。

「これ以上、どこを守っていただきたいと言うのですか？」

それは、本心から湧き出した言葉だった。

「私は、もう充分、ローガン様に守っていただいています。むしろ、私が何も返せていないのが申し訳ないくらい……」

「……そうか」

ほんの少しだけ、ローガンは瞳に安堵を浮かばせる。

「それなら、いい」

言うと、ローガンの手の甲に、そっと温《ぬく》もりが触れる。

アメリアが、小さな手を重ねていた。

「何があったのかは存じませんが、私は、ローガン様の味方ですので……落ち込んでいる時や、思い悩んでいるときは、遠慮なく私を頼ってくださいね」

慈愛に満ちた微笑みを浮かべて、アメリアは言う。

ローガンの瞳が、微かに見開かれる。

「と言っても、私が頼りになるかはわかりませんが……ひゃっ……」

ちょっぴり自嘲めいた言葉を、ローガンがアメリアの手を握り返した事で塞いだ。

自分の手よりも大きな感触に、アメリアの心臓がどきんと跳ねる。

頬の温度がぶわっと上昇する。

「充分、頼りになっている」

ぎゅ……とローガンの手に力が籠る。

それがローガンからの信頼のように感じられて、アメリアは照れ混じりの笑みを溢した。

二人が手を繋《つな》いでほどなくして、アメリアの背筋がぶるっと震える。

冬が近い夜ということもあって、単純に気温が低い。

加えて、ローガンに握られている手が温かい分、それ以外の寒さが際立ってしまった。

（ストールを着てきたけど、流石に夜は冷えるわね……）

徐々に背中が丸まってきた時、手からローガンの感触が離れた。

それから、身体をふわっと温もりが包み込んだ。

ローガンが自分のジャケットを脱いでアメリアの肩に被《かぶ》せたのだ。

「寒いだろう。これを着るといい」

「で、でも、ローガン様が……」

「俺は何枚か着ている。だから、大丈夫だ」

「あ、ありがとうございます……」

温かい、さすが公爵貴族の身につける衣服とあってか、防寒機能はばっちりだ。

それに先程までローガンが身につけていたのもあって、ほんのり温もりが残っている。

その事実が妙に気恥ずかしくて、アメリアの脈をさらに速くした。

ふと、星屑《ほしくず》のキャンバスに一筋の光が横切る。

「あっ、流れ星」

「願い事を三回言わないとな」

「は、速すぎて難しいですよ。それに……」

少しだけ照れ臭そうに、アメリアは言う。

「私の願いはもう、ほとんど叶《かな》っているので」

そう、充分に叶っている。

ヘルンベルク家に来てからは、誰からも虐げられることもなくなった。

三食ちゃんと食べられるようになった。

たくさん眠ることも出来ているし、日々を生きる目的も与えられた。

（そして何よりも、大好きなローガン様と一緒にいられる……）

それだけで、充分幸せだった。

（これ以上を望むなんて、神様からばちが当たっちゃう……）

そう思っていたのに。

「本当か？」

「えっ？」

甘くて、落ち着きのある香りがふわりと漂ってくる。

不意に、ローガンの顔が近くに迫った。

彫刻細工のように整った顔立ちが、月夜に照らされ一層引き立っている。

まっすぐ通った鼻筋、深くて澄んだ双眸《そうぼう》はまるで星空のように輝いている。

くっきりと描かれた眉毛は、どこか真剣な眼差しを強調していた。

「もっとわがままを言っても、いいんだぞ？」

ローガンの息遣いが、彼女の頰に触れる。

それはサテンのように滑らかで、くすぐったくも心地良くもあった。

耳元で囁《ささや》かれる声に混じって、自分の鼓動がどくどくと聞こえる。

「わが、まま……」

低い声で奏でられたその言葉は、悪魔のような甘い誘惑を孕《はら》んでいた。

気を抜くと、欲求のままどこまでも身を委ねてしまいそうで……。

「私、は……ローガン様と……」

理性ではなく感情が言葉を口にしようとした瞬間、すっとローガンの顔が離れた。

ローガンは立ち上がって、ぽつりと言う。

「すまない急に、驚かせてしまったな」

「い、いえ……」

今が夜でよかったと心から思う。

明るいところだったら、茹蛸《ゆでだこ》みたいになった顔を見られていただろうから。

「そろそろ屋敷に戻ろう。夜をふかし過ぎるのも、よくないからな」

「ひゃ、ひゃい……そうですね……」

ローガンの言葉に従って、アメリアも立ち上がる。

胸中に渦巻くのは名残惜しさと、安堵。

その両方の気持ちが同居した不思議な気持ち。

心臓のドキドキが、ローガンによって大きく感情を乱されたことの何よりの証拠であった。

「手を」

差し出された手を、アメリアが無言で取る。

すると、ローガンが僅かに目を見開いた。

「温かいな」

「そ、そうでしょうか？　多分……上着を貸していただいたおかげですね」

誤魔化すような笑みを浮かべているのは、本当の理由は別にあるとわかっているからだ。

ローガンの急接近に、ローガンの言葉に、身体中が熱くなったから。

なんて、口が裂けても言えない。

手を繋いで屋敷に戻っていく二人を、星空が静かに見下ろしている。

◇◇◇

「あああああああああああああああ〜〜〜〜〜〜……！！！！」

ゴロゴロゴロゴロ!!

部屋に戻ったアメリアはベッドの上で転がり散らしていた。

真っ赤になった顔を両手で覆って、パンの生地を伸ばす麺棒のように転がっている。

普段なら既に消灯の時間なのに眠気なんて少しも到来していない。

むしろ頭は覚醒状態、身体もお風呂上がりのように火照っていた。

「はあ……はあ……」

体力的な理由でゴロゴロを中断するアメリア。

しかし、すぐに……。

——もっとわがままを言っても、いいんだぞ?

「ううう……ああああああ〜〜〜〜……!!!」

庭園でローガンに囁かれた言葉を思い出して、再びアメリアは麺棒になった。

それを何度か繰り返して、やっと落ち着いたアメリアは大きく息を吐く。

「ローガン様の、あの言葉の意図はなんだったの……? そもそもわがままって一体なに……?」

色々と言いたいことはあるが、それはさておき。

「で、でも、何も恥ずかしがる必要はないわ……!! 私とローガン様は……婚約者なんだし……」

そう、婚約者だ。疾《やま》しいことなど何一つない。

「ちょっぴり、わがまま言っても……良い、のかな……?」

わがまま、と口にすると頭の中に明確なイメージが湧いてくる。

人生の中で数えるほどしか参加していない夜会。

婚約者同士の男女の仲睦《むつ》まじい様子は幾度となく見ていた。

とはいえローガンとは出会いが偽造結婚に近い乾いた関係からというのもあって、婚約者らしいことはほとんどしてこなかった。

しかし先日、メリサとの一件の後。

——俺は、アメリアを愛している。

——私も、ローガン様を愛しています。

お互いの気持ちを口にして、想《おも》いを確かめ合った。

(頭を撫でられたり、抱きしめられたり……それから、せせせ接吻《せっぷん》……は、したけど……)

それ以降、いわゆる婚約者同士が行っているであろうスキンシップを、日常的にしているわけではない。気恥ずかしさもあるだろう。

しかし何よりも、お互いに積極的な性格ではないというのも大きな要因だ。

アメリアに至っては恋愛経験など皆無な人生を送ってきたので、奥手もいいところである。

(そもそも、今のままでも充分、私は幸せ……)

でも、自分の本心を深掘りしてみると、年相応の女の子らしい欲求が姿を現してくる。

——私、は……ローガン様と……。

何をしたいの？

どうなりたいの？

問いかけると、頭にぼんやりとしたイメージが湧いてきた。

それだけで、アメリアの情緒はいとも簡単に掻き乱されてしまう。

「〜〜〜〜〜……!!　〜〜〜!!」

とてもじゃないが、言葉にできない。

枕に顔を埋《うず》めて、ただただ悶絶《もんぜつ》するしかないアメリアであった。

「うう……ずるいなあ、ローガン様は……」

枕からひょっこり顔を出して、アメリアは呟く。

自分は面白いくらい感情を乱されていたのに、ローガンは変わらず凛としていて、一切動じていない様子だった。

年上の余裕をたっぷり感じる所作を魅力的に思う一方で、ずるいなあと心底思う。

「しっかりしないと、私……」

頭をぶんぶん振ってから、ぱちんっと両頬を叩《たた》くアメリア。

「私は公爵家夫人となる淑女なのだから……もっと落ち着きを持たないと」

すーはーと深呼吸をして、アメリアは強く自分に言い聞かせるのであった。

◇◇◇

「何を言ってるんだ、俺は…………」

アメリアがもう何度目かわからない淑女宣言をしている一方。

自室のベッドに腰掛け、ローガンは顔を覆い呟いた。

先ほどから何度も何度もため息が漏れている。

時折自省を表す声には後悔と羞恥が含まれていた。

——もっとわがままを言っても、いいんだぞ？

思い出したら羞恥の方が膨らんだ。

暗くて、辺りに誰もいない中、愛する者が隣に座っている。

それもアメリアは、クロードとの会合で少々気疲れをしたところをそっと寄り添ってくれた。

それで、アメリアに対する愛《いと》おしさを抑えろというのも無理な話だった。

今すぐアメリアを抱き締めたい、その花びらのような唇にそっと口づけをしたい。

そんな、怒濤《どとう》の如《ごと》く流れ出てきた欲求の末、口にした言葉だった。

口にした結果、アメリアは目に分かるほど動揺していた。

幼さを残した端整な顔立ちに戸惑いと羞恥を含ませ、アメリアはじっとこちらを見つめてきた。

（正直、危なかった……）

潤んだ瞳、月明かりに照らされて赤らんだ頬。

間近で恥じらうアメリアを前にして、理性が崩れそうになったのは言うまでもない。

——私、は……ローガン様と……。

あのまま何も言わなければ、アメリアはどんな言葉を口にしたのだろうか。

言い終わる前に無理やり話を終わらせたのは、ローガン自身、その先の言葉を聞くことに怖気付《おじけづ》いたからだ。聞いてしまうと、引き返す自信がなかったから。要するに日和《ひよ》った。

自分から仕掛けたくせにと言われたら、何も言い訳はできない。

ローガン自身、そのずば抜けた容貌と高い位から、たくさんの女性からアプローチを受けてきている。しかし彼女たちの打算的でどこか底の浅い部分に辟易《へきえき》して、誰一人として心を奪われることはなかった。故に女性慣れしていると思いきや、そうでも無かったりする。

今までの人生において、本気で愛した初めての女性がアメリアだった。

本気で愛しているからこそ、一歩踏み込む事ができない。

本心では踏み込みたいと思っているのに。

そんなジレンマを抱えていた。

「しっかりするんだ……俺らしくない」

言い聞かせるも、乱れ切った感情が平静に戻る気配はない。

先ほどからずっと、アメリアのことが頭の中に浮かんで離れなかった。

理性的で、よほどの事がないと動じないという自認があったローガンにとって、なかなかに珍しい状態だ。

それほどまでに、アメリアという少女を愛しているのだと改めて思う。

もっとアメリアのことを知りたい。

もっとアメリアの色々な表情を見たい。

もっとアメリアの助けになりたい。

もっとアメリアを守れるような男に……。

——なんだこの細腕は。これじゃ、あのひ弱な婚約者一人守れんぞ。

不意に、今日クロードに言われたことを思い出し、ローガンはムッと顔を顰める。

「………」

確かに自分の腕を見ると、昔と比べて随分と細くなったものだと思う。

クロードに認められたいという一心で祖母シャロルに従事し剣を振り、拳を突き出していた日々も今は昔。

最近は椅子に座る時間が長くて、身体もすっかり衰えてしまっている。

「久しぶりに、身体を動かすか……」

ぽつりと、ローガンは呟いた。

◇◇◇

「アメリア様！　アメリア様！　起きてください！」

ライラの切羽詰まった声とドアを叩く音でアメリアの意識が引き上げられる。

「な、なにっ……どうしたの……？　起きてるわ」

何事かと、アメリアは寝ぼけた声を漏らしながら言うとライラが入ってきた。

ライラはねぼけ眼をこするアメリアを見てぎょっとした。

「わっ、アメリア様、目が真っ赤ですよ……!?　昨日、眠れなかったのですか？」

「……空が明るくなった辺りまでは、記憶があるわ」

「朝方！　全然眠れてないじゃないですか」

ライラが呆《あき》れたようにため息をつく。

「もー、夜更かしは身体にもお肌にも悪いですよ」

「うう……返す言葉もないわ……」

不眠の理由は明白だ。

昨日、ベンチでローガンと過ごした一件がずっと頭の中を暴れ回っていて、目を閉じても、何度寝返りをうっても寝付けなかったのだ。

という詳細をここで話したら、今日一日ずっと顔を赤くして過ごすことになるので口を閉ざす。

閉ざした口に反抗してか、ふあ……と大きな欠伸《あくび》が出てしまった。

そんなアメリアの様子とは反して。

「寝不足のところ申し訳ないのですが、アメリア様！　早く外に出る支度をしましょう！　面白いものが見れますよ！」

「面白いもの？」

ライラが興奮した様子で捲《まく》し立てる。

きょとんとアメリアは小首を傾げた。

◇◇◇

「ささ、アメリア様、こちらです！」

ライラに手を引かれて連れて来られたのは、広大な庭園のとある一角。

「こんな場所があったんだ……」

べらぼうに広いヘルンベルク家の敷地は、アメリアが未訪の場所もある。

ここもその一つで、見たところ何かの訓練をする場所のようだった。

草一本生えていない円状のスペースには、二人の先客がいた。

「ローガン様……と、リオ？」

いつもの豪華な貴族服ではなく、シンプルで動きやすそうなシャツとズボンを身につけているローガンは木製の剣を握っている。

朝陽に照らされる姿は気品と力強さを同時に醸し出していた。

その対面には、同じくシャツを着た従者リオ。

こちらも、手に木製の剣を握っている。

両者は二言三言交わした後、流麗にお辞儀をして距離をとった。

そしてお互いに剣の構えをとり、鋭い視線を交差させる。

「ライラ、これは一体……？」

「私もわかりませんが、今朝、ローガン様の方からリオさんに剣の訓練に付き合ってほしいと頼んだそうです」

「訓練……」

そういえばヘルンベルク家は武術の家系で、ローガンも子供の頃、シャロルにみっちり仕込まれたと聞いたことがある。

だとしてもローガンが日常的に訓練に励んでいる印象はアメリアにはない。

それゆえに、軽装で剣を持つローガンの姿は非常に新鮮に見えた。

物珍しさからか、アメリア以外にも少し離れた場所で何人か使用人たちが遠巻きに二人を眺めている。これから始まるであろう光景に、アメリアは緊張した面持ちで息を呑《の》んだ。

——最初に動いたのはリオだった。

リオの足元から疾風が巻き起こり、真《ま》っ直《す》ぐローガンへと駆ける。

剣を引き絞り、容赦ない斬撃をローガンに向けて放った。

二度、風を切る音が弾けた。

一撃目、二撃目と、ローガンはリオの剣撃を剣筋を見切って、身体を少しだけずらすことで回避した。三撃目はローガンも剣を構え、リオの一閃《いっせん》を受け止めた。

ガッと重い打撃音が訓練場に響き渡る。

攻撃を弾かれたリオは微かに眉を顰めて、バックステップで距離を取った。

両者の間に距離が生じ、剣先を睨《にら》み合わせる時間が訪れる。

「す、ごい……」

数瞬の攻防を目にしたアメリアが思わず言葉を溢す。

二人とも相当な剣の使い手であることは、素人のアメリアでも一目瞭然であった。

両者、一歩、二歩と隙を窺《うかが》いながら移動する。

静寂は、すぐに破られた。

「来い」

ローガンが言うと、リオは今一度剣を振りかぶる。

「はあああああっ——!!」

その声は、まるで戦場を揺るがす猛獣の咆哮《ほうこう》。

空気を割り、リオの剣が一直線にローガンへと迫る。

しかしローガンは冷静だった。

蒼《あお》い双眸は一瞬も揺るがず、迫りくる剣を凝視し見切る。

リオの剣が迫ったその瞬間、ローガンは手首を軽くひねり軌道を微妙に逸《そ》らした。

再び、重い打撃音。

初撃が通らなかったことをリオは即座に受け止め再度、攻撃を仕掛ける。

再び、一進一退の攻防が始まった。

リオが攻撃を放ち、ローガンがそれを受け止め、流す。

リオの軽快な足捌《あしさば》きと煌《きら》めく剣閃は、彼が積み上げてきた剣術の訓練の賜物《たまもの》であった。

一方でリオの攻撃を捌き切るローガンの動きも、彼がこれまで相当数の戦いをこなし場数を踏んできたことを物語っている。

攻防が逆転したのは瞬間的な出来事だった。

ローガンの瞳が光り、リオの身体が開いた一瞬の隙をついて懐に潜り込む。

「くっ……!?」

リオが慌てて剣を構え、ローガンの一撃を防ぐ。

しかしローガンの攻撃は重く、リオの身体の重心がぐらりと揺れた。

その一瞬もローガンは見逃さない。

体勢を立て直す時間も与えず、ローガンはリオの手の甲に一撃。

握力が緩んだと同時にリオの剣を弾いた。

リオの剣が宙を舞い、地面に虚しく転がる。

その衝撃でリオは地に尻もちをついた。

ローガンはすかさず、リオの首元に剣を突きつける。

リオは表情に悔しさを滲ませるも、降参とばかりに両手を上げた。

瞬間、見物をしていた使用人たちから、おおっと歓声が沸き起こる。

「す、すごい……」

「リオも凄いけど、ローガン様が強すぎるわ……」

ゴシップや娯楽の少ない屋敷で突発的に発生した余興に、皆口々に感想を漏らしていた。

「はああっ、凄い……かっこいい〜〜〜〜……」

ライラはアメリアの隣で頬を押さえ、うっとりとした表情をしている。

「男と男の真剣勝負って燃えますよね！　ああっ、見ているだけで幸せですっ……」

「た、楽しそうね、ライラは……」

二人とも怪我《けが》をしないかとハラハラドキドキだったアメリアはぎこちない笑みを漏らす。

とはいえ、ライラの言葉には強い共感があった。

（かっこいい……）

確かにライラの言う通り、ローガンはかっこよかった。

スタイリッシュな身のこなしや、歴戦の戦士もかくやといった剣捌き。

そして何よりもリオを打ち負かした圧倒的な強さ。

先ほどから、アメリアの鼓動はドキドキと速くなりっぱなしだった。

「二人とも、クールで静かなタイプなので、こうして剣を振るっている姿を見るとギャップが凄いですね〜！」

「ギャップ……」

そうだ、ギャップである。

普段は物静かに書類仕事に勤《いそ》しんでいるローガンが、こうして躍動感溢《あふ》れる剣術を披露した。

そのギャップに、胸の奥がじんじんと熱くなっていた。

アメリアがぽーっとしている間に、ローガンがリオに手を差し伸ばす。

「ご苦労、良い練習になった」

「ありがとうございます」

ローガンの手をとって、リオが立ち上がる。

リオの表情には勝者を讃《たた》える尊敬と、敗北に対する悔恨の二つが入り混じっていた。

「相手になったのでしたら何よりです」

額に汗を浮かばせながら笑顔で答えるリオだったが、やがてため息をつき肩を落とす。

「一本くらいは入ると思ったんですけどねえ……」

「そうしょげるな。俺は過去の貯金を切り崩しているに過ぎない。リオは以前より剣筋も、動きも良くなっていた。日頃の鍛錬の賜物だろうな」

ローガンが言うと、リオはくしゃりと破顔させた。

「お褒めに与り光栄です」

ぽりぽりと照れ臭そうに頬を掻き、年相応の少年のような笑みを咲かせる。

「ああっ、リオさん……可愛《かわい》い……アメリア様もわかりますよね？　普段は凛としていて、ローガン様の護衛一筋！って感じなのに、たまにくしゃっと笑うあどけなさが情緒を乱してくるんですよ！」

「な、なるほど……？」

興奮冷めやらぬといったライラの言葉はわからなくはない。

ローガンと同じく、リオが垣間見《かいまみ》せた笑顔もまたギャップの魅力だろう。

ただライラの熱気が物凄いため、たじろいでしまうアメリアである。

その時だった。

「ふー……」

激しく動いて汗を掻いたローガンがシャツを捲し上げた。

それから、頬に垂れた汗を拭う。

その際、ローガンの下腹部がチラリと姿を現した。

どきーん！

アメリアの心臓が飛び跳ねる！

（な、なに今のっ……？）

綺麗に六等分され、くっきりと盛り上がったローガンの腹筋。

その一筋一筋が、如何《いか》なる力も挫《くじ》く猛々《たけだけ》しさを纏っている。

まるで壮大な山脈を眺めているかのような神秘的な美しさを放っていて、アメリアの視線が釘付《くぎづ》けになった。

（ローガン様のお腹を見ると……なんだか……）

ごくりと、アメリアの喉が鳴る。

ローガンの腹筋によって、アメリアの心臓は爆発寸前だった。

「アメリア様？　急に俯《うつむ》かれて、どうされました？」

「ちょっと待って、今頑張って落ち着かせようとしているから……」

「は、はあ……」

急に様子がおかしくなったアメリアに、ライラは首を傾げている。

一方のアメリアは何度も深呼吸して平静を保とうと必死であった。

生まれて初めて気づいた自分の嗜好。

その事実にアメリアは驚きと羞恥を禁じ得ない。

（ううう……やっぱりローガン様はずるい……反則すぎるわ……）

普段はクールで落ち着いているローガンが見せた、力強さの象徴。

アメリア自身、畳み掛けるようなギャップの魅力にやられてしまっていた。

「むっ、来ていたのか」

アメリアに気づいたローガンが歩み寄ってくる。

「おはようございます、ローガン様」

スッとライラが仕事モードの表情に切り替えて頭を下げた。

「お、おはようございます！　すみませんローガン様、こっそり見てしまって……」

「別に隠しているわけでも無いから、気にするな。それよりも……」

アメリアの顔をじっと見て、ローガンが怪訝《けげん》そうに眉を顰める。

「顔が赤いぞ、大丈夫か？」

「はっ！　えっと、あの……大丈夫です！　今日はなんだか暑いですね、あはは……」

「今朝からかなり冷え込んでいる気がするぞ」

「そんなことよりローガン様！　さっきは凄かったです！」

話題の舵を無理やり切ったアメリアが興奮気味に言う。

「あんな凄い戦い初めて見ました！　色々と感想を言いたいですが私の語彙じゃ凄いしか出てこなくて……とにかく凄かったです！」

アメリアの絶賛に、ローガンは目を瞬かせた。

しかし、ふいっと顔を逸らして。

「ローガン様？」

「なにも凄くはない。これでは、兄の足元にも及ばない」

ぐっ……と、ローガンが剣を力強く握る。

その瞳には燃えるような闘志と、ままならない悔しさが滲み出ていた。

そんなローガンを見て、アメリアの胸の奥が擦れるように痛んだ。

「それでも……」

気がつくと、言葉が出ていた。

胸の前でぎゅっと拳を握り、真っ直ぐローガンを見上げてアメリアは言う。

「私は、凄いと思いました」

その言葉に、ローガンは見開いた目を愛おしそうに細めた。

「アメリアには、いつも励まされるな……」

ローガンの手がアメリアに伸びる。

ぽん、ぽんと、優しく二度撫でられて、アメリアの顔がふにゃりと緩んだ。

「……ごほん！」

リオの咳払《せきばら》いで、二人はハッとする。

周りには幾人もの使用人たちが微笑ましげな顔を向けている。

ライラに至っては口を手で覆って「きゃーっ」とでも言わんばかりの顔をしていた。

「……すまん」

「い、いえ！　お気になさらず……」

人前でするようなことではなかったと、ローガンは手を引っ込め頬を微かに赤くするのであった。

その際、アメリアはリオと目が合う。

「リオも、カッコよかったわ！」

アメリアが率直な感想を口にすると、リオはぺこりと会釈をして。

「ありがとうございます」

短く言うだけであった。

(相変わらず、ローガン様以外には塩対応ね……)

そんなことを考えていると、リオがローガンに手を差し出す。

「ローガン様、剣を」

「ああ、ありがとう」

ローガンから剣を受け取るリオ。その時、アメリアが声を上げた。

「リオ！　手が……」

見ると、リオの手の甲が腫れ上がっていた。

先ほど、ローガンの一撃が入った時のものだろう。

「すまない、大丈夫か？」

「このくらい、唾でもつけておけば大丈夫です。それよりも、屋敷に戻りましょう。早く着替えなければ、風邪を引いて……」

「何言ってるの！」

アメリアが声を張って、リオが目をぱちくりさせる。

「放っておいたらバイ菌が入って余計に腫れ上がっちゃうわ！　ちょっと待ってて」

「えっ……ちょっ……」

困惑するリオに構わず、アメリアは懐からガチャガチャと小瓶やら薬草やらを取り出した。

「そのドレスの収納はどうなってるんだ……？」

ローガンが至極真っ当なツッコミを口にしている。

「えっと、確か……これね！」

小瓶の一つを手に取り、アメリアは中の液体を自分の掌《てのひら》に流す。

「ちょっと触るわね」

「ア、アメリア様っ……!?」

狼狽《うろた》えるリオの手を取り、腫れた甲に液体を薄く伸ばすように広げた。

「大丈夫？　染みてない？」

「だ、大丈夫ですが、これは……」

「腫れを抑える薬よ。私、何もないところで転んだりするから、怪我した時のために持ち歩いてるの」

「い、いけませんよ！　そんな高価なもの……！」

「大丈夫！　私が作ったものだから、気にしないで」

「作っ、た……？」

何を言ってるのだろうと、リオがきょとんとする。

休暇明けのリオは、アメリアの驚異的な調合能力について知らないようだった。

液体を塗ったあと、アメリアは包帯を取り出しリオの手に巻こうとした。

「さ、流石にそれくらいは自分でやりますから……!!」

「ちょっ、動かないで。もう巻き始めたから、大人しくして」

アメリアにそう言われたら、従者の立場のリオは口を噤《つぐ》むしかない。

「これでよしっ」

あっという間に治療が完了し、リオの手に包帯がぐるっと巻かれた。

「あとは安静にしておけば、明日には治ると思うわ。間違っても、激しく動かしたりはしないでね」

「は、はあ……わかりました」

まさか治療をされるとは思っていなかったのか、リオは茫然《ぼうぜん》としていたが。

「その……ありがとうございます」

「どういたしまして」

にっこりと、アメリアは微笑んだ。

役に立てたのなら嬉しいと、言わんばかりに。

「申し訳ございません、ローガン様。お世話になってしまい……」

「気にするな、これは自然現象のようなものだ」

「は、はあ、なるほど……」

いまいち飲みこめていないリオであった。

「あ、そうだ！」

良いことを思いついたとばかりに、アメリアがポンと手を打つ。

それから先ほどガチャガチャ取り出した薬の中から、琥珀色《こはくいろ》の液体が入った小瓶を二つ取り出し、二人に渡した。

「これは？」

「気付け薬のようなものです！　疲労回復、滋養強壮、覚醒作用、あとは血の巡りを良くする効能とかが含まれています。ようはこれを飲むと、体力が早く回復しますね。お二人とも、たくさん動いてお疲れのようでしたから……」

「そんなものまで持っているのか」

ローガンが驚いたように目を見開く。

我ながら良いアイデアとばかりにアメリアはニコニコ顔だ。

「自分は大丈夫ですよ。さほど疲れてないですし……」

アメリアのニコニコ顔にしょんぼりが差した。

「俺は飲むとしよう。せっかく、アメリアからもらった薬だからな」

ローガンはリオに目配せする。

意図を汲《く》み取ったリオは小さく息をついた。

「……気が変わりました。やはり、少し疲れている気がするので、飲ませていただきたく思います」

「わあ、ぜひぜひ！」

アメリアにニコニコが戻った。なんとも感情がわかりやすい表情である。

それから二人は、小瓶の中身を口に流し込む。

「おおっ……」

「これは……」

効果はすぐに現れたようだった。

「なんだか身体がぽかぽかする……」

「目が一気に醒《さ》めましたね」

実感として現れた効能に、二人は驚きを隠せないようだった。

「ありがとう、アメリア。これで今日の仕事も集中して取り組めそうだ」

「重ね重ね、感謝します」

「いえいえ、どういたしまして！」

二人に感謝されて、アメリアは笑顔を深める。

それからすぐ、気を取り直すようにリオは言った。

「それではローガン様、屋敷に戻りましょう」

「わかった。だが、少しアメリアに話があってな。リオは先に戻っていてくれ」

「かしこまりました、では」

リオが深々と頭を下げる。相変わらず淡々とした物言いだが……立ち去る寸前、少しだけリオの口元が緩んでいるように見えた。

「それで、ローガン様、お話とは？」

「ああ、そのことなんだが、その前に……」

心なしか、少しムッとした表情でローガンは言う。

「親切をするために自然と身体が動いてしまうのだとは思うが……あまり、俺以外の男に軽率に触れるのは、誉《ほ》められたものではないな」

ローガンの言葉に、アメリアはハッとする。

背筋に冷たいものが走って、慌てて頭を下げた。

「も、申し訳ございません。つい……」

「いや、いい。それも含めて、アメリアの良いところだと思う。ただ人の目があるのと、あと……」

言葉に詰まらせたようにして。

僅かにアメリアから目を逸らしてから、ローガンは言う。

「多少だが、妬《や》いてしまう」

どくんっと、心臓が今日一番の高鳴りを見せた。

先ほどローガンの戦いを見た時とも、チラリと腹筋が見えた時とも違う種類の、身体の芯ごと揺るがすような鼓動。

（な、なんなの、この気持ち……）

困惑するアメリアに、ライラが小さな声で耳打ちする。

「アメリア様、これは嫉妬ですよ、嫉妬っ」

ライラの声は弾んでいた。

「嫉妬……」

言葉の意味は知っている。

ただ、何事にも動じないクールで冷静なローガンがやきもちを焼いたという事実に、言葉に言い表しようのない熱い感情が誕生していた。

ローガンも言葉にして気恥ずかしくなったのか、今まで見たことないほど顔を赤くしていた。

その反応がさらに、アメリアの胸をかき乱す。

「……は、はい……気をつけます」

もう色々な感情が身体中をぐるぐるして破裂してしまいそうだった。

頭からぷしゅーと湯気を出し、アメリアはこくりと頷く。

一連の流れを見ていたライラがまた「きゃーっ、きゃーっ!!」みたいな顔をしていたが、自分の感情を落ち着かせるのに必死の二人はもはや何も見えていない。

沈黙に堪えきれず、アメリアが切り出す。

「と、ところでローガン様、お話というのは……」

「あ、ああ、すまない、そうだったな」

咳払いをしたあと、真面目な表情に戻してローガンは言った。

「君に、会わせたい人がいる」

第三章　カイド大学教授　ウィリアム

昼下がりの一室、豪華なソファにはアメリアとローガンが並んで座っている。

その対面には、淡いブロンドの髪の男が紅茶に口をつけていた。

「この紅茶、美味《おい》しいですね。フェアリティーですか？」

男がライラに尋ねる。

「よくご存じですね。こちらはフェアリティーの特別ブレンド、モーニングミストです」

「どうりで。とても香り高いと思いました」

男が言うとライラは微笑《ほほえ》み、頭を下げて退出する。

「失礼しました、なかなか味わえない紅茶でして、つい」

「気に入ってくれたようで、何よりだ」

ローガンが言うと、男はアメリアの方を向いて口を開く。

「お初にお目にかかります、アメリア様。私は、王立カイド大学で教授を務めております、ウィリアムと申します、どうぞよろしくお願いいたします」

そう言って、男――ウィリアムは、恭しく頭を下げた。

ウィリアムは、端整な顔立ちとすらりとした体格を持つ高身長の男性だった。

しかし教授という肩書きの割に容貌は若く、二十代後半くらいに見える。

長く金色の髪は整えられており、静かに輝く青い瞳にはモノクルがかけられているのも相まって聡明《そうめい》さが滲《にじ》み出ていた。

しかしよくよく見ると目元には隠しきれないクマが刻まれており、日夜研究か何かに明け暮れ眠れていない気配を感じ取れる。

服装は教授らしく、深緑色のベストに黒のスラックス、そして白いシャツには黒いネクタイが調和を成していた。

「は、初めまして、アメリアです。ローガン様の婚約者を務めさせていただいております……」

「婚約者は務めるものじゃないと思うぞ」

「あぁっ、ごめんなさい、そうですよねっ、失礼しました！」

ローガンの突っ込みに背筋がひやりとする。

基本的に屋敷外の人間と接触する機会のないアメリアは、ウィリアムを前にして絶賛緊張していた。そんなアメリアに、ウィリアムは微笑ましげな表情を向けて言う。

「急なご訪問で驚かせてしまい申し訳ございません。厳かな格好をしていますが私はしがない学者に過ぎませんので、気楽にいきましょう」

「お、お気遣いありがとうございます……」

（優しそうな人だな……）

アメリアの、ウィリアムに対する印象はその一言に尽きた。

丁寧な言葉遣い、物腰の柔らかさ、そして会話に対する真摯な態度から、ウィリアムの礼儀正しさや他人を尊重する姿勢が垣間見《かいまみ》えた。

そんなウィリアムをローガンが紹介する。

「ウィリアム氏はトルーア王国で最も権威あるカイド大学で教鞭《きょうべん》を執る教授だ。紹介をしてくれたオスカーによると、なんでも一世を風靡《ふうび》する若き天才と呼ばれているらしい」

「身に余るお言葉でございます」

ウィリアムが頭を下げる。

驕《おご》った様子など欠片《かけら》も感じられない、謙虚な所作。

「専門は植物の調合を主とした薬学で、数々の論文を発表しておりその学識は折り紙つきだ。国内で、彼以上に薬学に精通した者はそういないだろう」

聞けば聞くほど、ウィリアムの経歴の凄《すさ》まじさに怖気付《おじけづ》いてしまうアメリア。

「そ、そんな凄《すご》い方が、なぜこちらに……？」

アメリアが尋ねると、ローガンは口元に小さく笑みを浮かべて言った。

「今日からウィリアム氏はアメリアの家庭教師として、定期的に我が家に来てもらうことになった」

「えっ……」

ローガンの言葉にきょとんとするも、すぐに意味を飲み込んで。

「えええええっ!?」

応接間にアメリアの驚声が響き渡った。

「何を驚いているのだ？　専門家に教えを請いたいと言っただろう？」

「たたた確かに言いましたがっ、こんな凄い方をお呼びいただかなくてもっ……」

「それほど、アメリアのことを買っているということだ」

「お、お言葉は嬉《うれ》しいですが、恐縮の極みと言いますか……」

ただでさえ自己評価が地に落ちている自分に、こんな凄まじい人が充てられるなんてと、アメリアの心はガクガクだった。自分に対する期待値の大きさが不相応に感じて、プレッシャーで押し潰されてしまいそうである。

「アメリア様のことは、ローガン様からよく聞いています。なんでも、植物と薬学に精通した希代の天才だとか……」

穏やかに言うウィリアムだが、その瞳は見定めるように光っている。

「そそそんな、私なんか……」

――『なんか』なんて、言わないでくれ。

ハッと、アメリアは言葉を飲み込む。

――自らを貶《おとし》める言葉は、自分の価値を下げてしまう。言葉や行動に自信がなくなり、物事が上《う》手《ま》くいかなくなる。

先日、ローガンが自分にかけてくれた言葉を思い出していた。

(自分を否定することは簡単だけど……)

――だから頼むから、自分を卑下しないでくれ。アメリアは……充分に、凄いんだから。

(否定したら、ローガン様の気持ちを裏切ってしまう……それは、嫌……)

ぎゅっと、アメリアの拳に力が入る。

伏せ気味だった視線が持ち上がり、真《ま》っ直《す》ぐウィリアムに向けて言う。

「天才……かどうかはわかりませんが、植物や、植物の調合による薬学周りの知識は多少、多い方かもしれません」

自信たっぷりとまではいかないものの、多少は肯定的な説明だった。

はっきりと自分の意思を以《もっ》て紡がれた言葉は、しっかりと応接間に響く。以前に比べ少しだけ自信を纏《まと》ったアメリアに、ローガンが少しだけ笑みを浮かべたような気がした。

「なるほど」

ウィリアムは表情を変えず、微笑みをたたえ穏やかな口調で尋ねた。

「では早速ですが、植物を用いた薬品調合について、いくつか質問してもよろしいでしょうか?」

「は、はい。よろしくお願いします!」

スッと、ウィリアムのモノクルが光を帯びる。

穏やかな物腰から一転、受験者を試す試験官のような表情。

「最初に、ルメリアンツリーの効能についてご存じでしょうか？」

「ルメリアンツリー……」

小さく呟《つぶや》いてから、アメリアは答える。

「はい、ルメリアンツリーの効能は主に、疲労回復です。特にその実から抽出したエキスには強力な再生効果があって、疲れた体を癒すための薬として利用されます」

アメリアの解答に、ウィリアムの眉がピクリと動く。

「ほう……」と、小さく言葉が漏れた。

「その通りです。よく勉強していますね」

ウィリアムが言うと、アメリアはホッと胸を撫《な》で下ろす。

「では次に、セレニウムモスについて教えてください。特に、この植物からどのような薬が作れますか？」

「えっと、セレニウムモスは、傷薬の材料として用いられます。花の部分から抽出した成分が、切り傷や擦り傷に効果的です」

「正解です。では最後に、ソリスタイル草の効能について教えていただけますか？」

「ソリスタイル草は……確か、鎮痛薬の材料となります。根っこから抽出した液体が有効成分で、痛みを軽減する働きがあります」

「……完璧です、言うことはありません」

ぱちぱちと、ウィリアムが手を叩《たた》く。

アメリアの肩から力が抜け、ソファからずり落ちそうになった。

「驚きました……最初の問題は基礎でしたが、二つ目と三つ目は大学の講義で教えるレベルの上級問題です」

「そ、そうなんですか？　でも確かに、三つ目はちょっと難しかったかもしれないです」

そうは言うものの、なんなく質問に答えて見せたアメリアにウィリアムは尋ねる。

「その豊富な知識は、どのようにして身につけたのですか？」

一瞬、応接間に静寂が舞い降りた。ローガンが僅かに眉を顰《ひそ》める。

アメリアの知識の起源について明かされるのは、今回が初であった。

「……母の、お陰です」

「お母様が、高名な学者様か何かだったのですか？」

「いえ、そういうわけではないのですが」

遠い目をして、遥《はる》か昔を思い起こすようにアメリアは答える。

「私の母は、もともと植物が大好きな方でした。特に、植物を組み合わせて薬を作ることが大好きで……ただ、母の家は世界各国を回る商人だったので、その道に進む事は出来ませんでした。代わりに旅先で、母は薬学や植物に関する書物を見つけて持ち帰っていたみたいです」

懐かしい思い出を語るように、アメリアの口元が穏やかに緩む。

「その書物は、どこの国のものとかは分かりますか？」

「えっと……確か、テルラニアやアリデスのものが多かったかと思います」

「テルラニア、アリデス……なるほど、両国とも、我が国に比べて医療や薬学が非常に進んでいる国ですね」

顎に手を添えて、ウィリアムは深く頷《うなず》く。

「結局、母は家のお金が足りなくなって、ハグル家の使用人に出されることになったのですが……その後、生まれた私に、母は自分の持っていた知識を教えてくれたんです。私の知識は母が持っていた書物と、母自身から教わったものが基になっています」

ハグル家であった凄惨な日々の詳細は、ここで話すようなことではないと判断して伏せた。

アメリアの話を真剣な面持ちで聞いていたウィリアムは、深く頷いてから口を開く。

「驚きました。家庭の範囲を遥かに超えた教育を施されたのですね……それで、お母様は、今どこで何を？」

アメリアの瞳に寂寥《せきりょう》が浮かぶ。

「母は……亡くなりました、十年前に」

「それは、お気の毒に……」

ウィリアムが僅かに目を逸《そ》らす。

「いえ、大丈夫です。もう、心の整理はついていますので」

そう言うアメリアに、続けてウィリアムは尋ねる。

「お母様がお亡くなりになってからは、主に本の知識で？」

「はい。本を読んで、庭に生えている植物で実験出来そうなものは実際に試してみたりして、繰り返していくうちに身につけていきました」

「なるほど……アメリア様は確か、十七歳と聞いています。その歳《とし》でこれほどの知識と向上心を持っているのは……正直私も、襟を正される思いです」

「……ありがとう、ございます。そう仰《おっしゃ》っていただけると、母も喜びます」

嬉しそうに言うアメリアを見て、ウィリアムは言葉を口にする。

「良い、お母様だったのですね」

「はい……本当に、素晴らしい母でした」

それは、一切の疑いの余地もない事実だった。

確かに、一夜の過ちはあったかもしれない。

しかし母ソフィは、アメリアにそれ以上の愛情と、生きる術《すべ》を与えてくれた。

結局、ソフィは『当主に不義を働いた淫女』という汚名を着せられたままこの世を去った。

唯一の味方だったのは、アメリアだった。

だからだろうか。ウィリアムに母のことを称《たた》えられて、アメリアは自分事のように嬉しくなる。

（あ……いけない……）

目の奥が熱くなって、思わず何かが溢《あふ》れそうになる。

ここで涙を溢《こぼ》すわけにはいかないと、アメリアは必死に堪《こら》えた。

その時、ノックの音。

「失礼します、紅茶のおかわりを持って参りました」

（ナイスタイミングよ、ライラ！）

心の中で、アメリアはライラに親指を立てる。

ウィリアムの意識が紅茶に逸れたのを見計らって、アメリアは心を落ち着かせた。

「ありがとうございます。おっ、このクリスパルの香り……アンバーリーフでしょうか？」

「正解です。香りだけでわかるなんて、本当に凄いですね……」

「取り柄のない特技の一つですよ」

「ご謙遜を。この紅茶は注《つ》ぐ直前に蒸らすことでよりコクが深まりますので、少々お待ちくださいね」

そう言って、ライラは紅茶をゆっくりと湯に浸し始めた。

ライラに紅茶を準備してもらっている間に、ウィリアムが口を開く。

「アメリア様の知識については把握しました。それを踏まえて、もう一つ質問をして良いでしょうか？」

「はい、なんなりと！」

わくわくと、クイズを心待ちにする子供のような心持ちのアメリア。

「ザザユリとタコピー、そしてイルリアンの三種を組み合わせて、新たな薬を開発するとします。それぞれの成分が交互作用を起こすと予測されますが、その交互作用から何を期待できるでしょうか？」

ウィリアムの質問に、アメリアはぱちぱちと目を瞬かせた。

それから腕を組み、うんうんと唸《うな》る。

過去の記憶の隅々まで遡るように天井を仰いでいたが。

「ごめんなさい……考えたのですが、わかりません……」

俯《うつむ》き、しょんぼりして言った。

「特にザザユリは初耳の植物で、その他の二つもそれぞれ単体での効果しか把握してなく……本当にごめんなさい……」

「そんな、落ち込む必要はないですよ」

ズーンと、この世の終わりみたいな顔をするアメリアをウィリアムが慌ててフォローする。

「この三つの組み合わせの薬はつい先日、我が国で開発に成功したものです。まだ一般には公開されていないため、アメリア様が知らないのは無理もございません」

「あっ……そうだったのですね……!!　良かったあ……」

絶望から一転、アメリアは心底ホッとしたような表情をした。

「申し訳ございません、少し意地悪をしてしまいましたね。ですが、これで一つ、学ぶべきことがはっきりしましたね」

ウィリアムが続ける。

「学問の世界では日夜、たくさんの研究者たちが新たな理《ことわり》を発見し、整えてから一般化します。まだ書物になっていない新しい調合方法や、新たな植物など……それらについて、お教えできればと思います」

「仰る通りですね……」

アメリアが深く頷く。

「最先端の知識などはちんぷんかんぷんなので、色々とご教授いただきたいです」

床に頭を擦り付ける勢いでアメリアが言う。

まだ自分の知らない雑草の神秘を学べると思うと、ワクワクが止まらない。

いつの間にか、胸の辺りがふわふわと高揚感に満ち溢れていた。

その時、ライラがポットを手にやってくる。

「お話中すみません。アンバーリーフが蒸し終わりましたので、お入れいたします」

ライラが熟練した手つきで紅茶を注ぎ始める。

ほんのりと甘い香りが空間全体を包み込んだ。

「ありがとう」

ウィリアムが頭を下げ、カップを手に取る。

アメリアも自分のカップに口をつけた。一口飲むと、アンバーリーフの香りが口いっぱいに広がり、その甘く爽やかな味が舌を撫でるように広がる。

心地よい余韻が残り、思わず目を閉じてしまいそうだ。

ウィリアムは紅茶を優雅に飲みながら、先ほどの植物知識について語り始める。

「ちなみにですが、ザザユリ、タコピー、そしてイルリアンの三つを組み合わせると、紅死病《こうしびょう》を治療する薬が出来上がります」

「紅死病《こうしびょう》……」

アメリアが呟く。ローガンも、ピクリと眉を動かした。

「ご存じですか？」

「あ、はい。確か、体に紅色の痣《あざ》が出てくるのが特徴で、その痣が徐々に広がり全身が紅《あか》くなって……最悪の場合は命を落とすという病気ですね。特に、女性が罹《かか》りやすかったと思います」

「愚問でしたね」

穏やかな笑みを浮かべ、満足そうにウィリアムは頷く。

「我が領地でも、その病に罹るものが増えていると報告を受けている」

「なるほど、そうでしたか……」

ローガンの補足に頷いたあと、ウィリアムは続ける。

「紅死病《こうしびょう》は、全身に『赤い痣』が広がることから付けられた病気です。今まで紅死病《こうしびょう》の特効薬はなく、対症療法で症状を抑えるしかありませんでした。しかし、この新薬があれば、紅死病《こうしびょう》に苦しむ多くの患者さんを救うことが可能になるでしょう」

「それは、素晴らしい薬ですね……」

ウィリアムの話に、アメリアは聞き入ってしまっていた。

「……まあ、この薬にも大きな改善点がありますが」

(改善点……?)

ぽつりと溢れた言葉に引っ掛かりを覚えつつも、聞いて良いのか迷っている間にウィリアムが話を進める。

「今このタイミングで訊《き》くのもなんですが、ゆくゆくはこういった薬の開発に関わりたい、という意志はアメリア様にございますか?」

「そう、ですね……」

ちらりと、アメリアはローガンの方を見る。

「俺のことは気にせず、正直な胸の内を答えるといい」

「あ、ありがとうございます……」

考える。自分が今まで学んできた植物の知識で、人の命を救う。

それはとても素晴らしいことだと思うし、自分もその一助になれたらどれだけ嬉しいことだろうとアメリアは思った。

「植物を調合して薬を作るのは前々からやっていますし、好きなことなので……あと、やっぱり人の役に立ちたいという思いが強いので、最終的には関わっていけたら……と思います」

「なるほど、わかりました」

「私レベルで、お力になれるかはわかりませんが……」

「なれますよ」

自嘲気味に笑うアメリアに、ウィリアムが即答する。

「少なくとも、現段階でカイド大学に入学できるほどの知識、知恵は持ち合わせていると考えています」

「そんな、買い被《かぶ》りすぎですよ」

「私は教授です、嘘《うそ》はつきません」

力強い、肯定の言葉に、アメリアは背中を押されたような気持ちになる。

正直、不安でいっぱいだった。

経歴だけ見ても凄まじいウィリアムの役に立てるかどうか。

しかしその不安を、ウィリアム自身が払拭してくれた。

胸に立ち込めていたモヤが、少しだけ取れたような気がした。

すっと、ウィリアムが手を差し出してくる。

「これからどうぞよろしくお願いします、アメリア様」

「はっ、はい！　ふつつか者ですが、よろしくお願いします！」

恐縮気味にウィリアムの手を取るアメリアは、内心高揚していた。

（これからも、植物の勉強がたくさん出来る……!!）

ウィリアムが植物と薬学に関するエキスパートであることは、アメリアも深い造詣を持っている分、この短いやり取りの中で身に染みてわかった。

国の第一線で活躍する知識人にマンツーマンで教えを請うことが出来るなんて、学ぶ上ではこれ以上にない環境だ。

今後、まだ見ぬ知と思う存分触れ合えると思うと、わくわくがとめどなく溢れてきて思わずにやけそうになる。

こうしてアメリアはウィリアムに師事し、植物学と薬学をより深く学んでいくこととなった。

◇◇◇

アメリアとウィリアムが固い握手を交わしていた一方。

「紅死病《こうしびょう》の、新しい薬……」

カイド大学の教授という客人に紅茶のお代わりを淹《い》れ終えた後。

退出したライラが、廊下でぽつりと呟いた。

紅死病《こうしびょう》の名前が出た時、紅茶セットを片付けていたライラは動きを止めて、聞き耳を立てた。

そうせざるを得ない理由が、ライラにはあった。

ぎゅっと、ライラは胸の前で拳を握る。

その瞳は、ある種の決意を秘めたように爛々《らんらん》と輝いていた。

◇◇◇

『本日は有意義な時間をありがとうございました。今日は、これにて』

という旨を告げて、ウィリアムは退出した。

応接間に、ローガンとアメリアが二人きりになった後。

「凄い人でしたね……」

「ウィリアム氏も、アメリアに同じことを思っているだろうな」

放心気味なアメリアに、ローガンが苦笑を浮かべて言う。

「そんなことよりも、大丈夫だったか？」

「と、言いますと？」

「事前説明無くウィリアム氏と会わせて、話を進めてしまった。今後ウィリアム氏に師事する点についても、俺がこの場にいる手前、アメリアが気を遣って了承したのではないかと、心配な部分がある」

「そんな、お気になさらないでください」

首を振ってアメリアは言う。

「ウィリアムさんに学びたいと思ったのは私の本心ですし、これからウィリアムさんの元で学べると思うと、わくわくしていますよ」

「そうか。ならいいんだが……」

「むしろ、私の方が不相応じゃないかと心配です……」

アメリアの瞳に不安が滲む。

（確かに、ウィリアムさんは私を、評価してくれている様子だった……）

しかしあくまでもそれは、短い会話の中でのこと。

今後、ウィリアムともっと専門性の高いやり取りをしていく中で、果たして自分の知識や知恵が通用するのかどうか心配だった。

「それは杞憂《きゆう》だと思うぞ」

安心させるように、ローガンは言う。

「専門的なことはわからなかったが、教授に引けを取らないほどの知識を、アメリアが持っているというのはわかった。これまで相当長い間、頑張ってきたことはわかる。たとえ現時点で、足りない部分があったとしても、アメリアの勤勉さがあればきっと大丈夫だ」

「ローガン様……」

じん、と胸の辺りが熱くなる。ひとりでに、言葉が溢れてきた。

「私、子供の頃から……植物が好きで、もっとたくさんのことを知りたいって思って、母と一緒に学んできたんです。だから、頑張ってきた、みたいな感覚はあんまりないのですが……」

アメリアの目が細くなる。

「母が病気を患って、なんとか治せないものかとたくさん勉強して、色々試したんですけど、ダメで……それが悔しくて……もう二度とあんな思いをしたくない、そう思って、もっとたくさんの知識を、って勉強したんですよね……」

アメリアを見るローガンの瞳に、憐憫《れんびん》の情が浮かぶ。

「すみません、何を言いたいのか纏まらないんですが……私なりに積み重ねてきたことが、今日、報われたような気がして……とても、嬉しかったです」

ローガンに微笑みを向けて、アメリアは言う。

「ありがとうございました。私のために、ウィリアムさんを呼んでくださって」

ローガンは少しの間、言葉を選んでいるようだったが。

「アメリアの助けになったのであれば、何よりだ」

そう言って、アメリアの手に自分の手を重ねた。

僅かに目を大きくするアメリア。

しかしすぐ、悪戯《いたずら》を思いついた子供みたいな笑みを浮かべて。

「えい」

「……っ」

逆にローガンの手を包み込んだ。

「昨日のお返しです」

「……される方は、なんだかむず痒《がゆ》いな」

「そういうことです……はふ……」

「大丈夫か？」

崩れ落ちるようにソファに身を埋《うず》めるアメリアに、ローガンが声を掛ける。

「す、すみません、気が抜けてしまい……」

思わず欠伸《あくび》が出そうになるのを必死で噛《か》み殺す。

「緊張が解けて安心したんだな、無理もない」

「それもありますが、ちょっと今日は寝不足気味でして……」

「昨日は遅かったのか」

「………そんなところです」

庭園でのローガンとのひと時に心臓が休まらず朝まで寝られなかった、などと口に出来るわけがなかった。

――もっとわがままを言っても、いいんだぞ？

不意に、昨日のローガンの言葉が蘇《よみがえ》る。

「ローガン様」

「どうした」

「少し、わがままを言っても良いですか？」

「……わがまま？」

「ぎゅって、して欲しいです」

寝不足で頭が回っていなかったのか、緊張から解放された気の緩みからか。

気がつくと、そんなことを口にしていた。

（……何言ってるの私!?）

言ってから、とんでもないお願いをしたことに気づき、背中にぶわっと冷たい汗が浮かぶ。

「……ぁっ、えっとですね、すみません、なんかぽろっと出てしまったと言いますか、ごめんなさい忘れてくだ……ひゃっ……」

返答は、温かい抱擁だった。

ローガンの温かい腕がアメリアを包み込む。心地よい香りと確かな力。

壊れ物を扱うような優しさ、しかし確かな強さで、ローガンはアメリアを抱き締めた。

驚きで微《かす》かに身体《からだ》が強張《こわば》るも、すぐにその力が解けていく。

ローガンに包まれているという安心感が、じんわりと全身を満たしていく。

「……痛くないか？」

「だ、だいじょうぶです……」

とろんと溶けそうな思考からようやく言葉を落とす。

ひとりでに、アメリアはローガンの胸に頭を預けてしまう。

とく、とく……とローガンの心音が聞こえてくる。

自分のそれよりも速く、強く、聞くだけで心地良い鼓動だ。

両手いっぱいでは抱えきれないほどの多幸感に、アメリアの頬がふにゃりと緩んでしまう。

「えへへ……」

「どうした？」

「いえ……嬉しいなあって……」

「そうか……」

（こんなに幸せで……いいのかな……）

この温《ぬく》もりを幸せに思う一方で、怖さもあった。

自分なんかがこんな幸せを享受して良いのだろうか。

この幸せは仮初で、ある日突然崩れ去ってしまうのではないか。

長い間実家で過酷な目に遭ってきて、世界は自分に厳しいものだと思っていたアメリアはそんな事を考えてしまう。

今自分を包み込んでいる幸せに現実感がない。

ある時ふとした拍子で目が覚め、あのオンボロ離れで目を覚ますのではないか……という、言いようのない怖さがあった。

そんな恐怖を振り払うかのように、背中に回された腕の片方が動く。

そっ……と、ローガンの手がアメリアの髪をゆっくりと撫でる。

その動きは繊細で、優しく撫でられるたびにアメリアの心音が落ち着いていった。

目を閉じたらそのまま寝てしまいそうになりそうで……。

(……あ、これ……だめかも……頭回らない……)

本当にこのまま寝てしまいそうだった。

流石《さすが》にこの状況で寝るのはローガンに迷惑がかかると、必死に目を開けようとする。

しかし瞼《まぶた》は鉛のように重く、幕引きのようにゆっくりと落ちていく。

意識の糸を手繰り寄せようとしても、するりと手を抜けていった。

「眠かったら、寝ていいぞ」

ローガンの言葉に、踏ん張っていた理性が脆《もろ》く崩れ去っていく。

もはや、返答を口にすることも出来なくなっていた。

代わりに、こくりと小さく頷く。

「……おやすみ、アメリア」

ローガンの優しげな声を記憶の最後に、アメリアは意識をすんなりと暗闇に手放した。

◇◇◇

「よほど疲れていたんだな……」

腕の中ですうすうと寝息を立て始めたアメリアを膝の上に横たえて、ローガンは小さく呟く。

膝上にかかるアメリアの重み、温もり。

そしてほんのりと漂う甘い香りに、ローガンの理性がぐらぐらと揺れ動く。

思わず、視線が吸い寄せられた。

幼さを残した端整な顔立ちは、透き通るような白い肌に彩られている。

スッと通った鼻筋に、桜色の小さな唇。

明るいワインレッドの髪はサラサラで、指で梳《す》くとこぼれ落ちてしまいそうだ。

(見違えたな……)

改めて思う。この屋敷に来てからの規則正しい生活と栄養価の高い食事のお陰で、アメリアはより美しい女性へと変貌を遂げていた。

この屋敷に来た当初、ガリガリで痩せ細っていた姿はもはや皆無。

寝顔でさえも絵にして飾りたくなるような、芸術作品の如《ごと》く美しさを纏っている。

視界に映していると、抗《あらが》えない魅惑に吸い寄せられてしまう。

胸の奥がどくどくと音を立て、身体の芯が熱くなるような感覚が――。

ハッと、ローガンは理性を取り戻す。

「……いかん、いかん」

何を考えているのだと、髪をぐしゃぐしゃっと掻《か》き分ける。

婚約者とはいえ、寝ている相手に邪《よこしま》な情を抱くべきではないと、ローガンの理性が歯止めをかける。

落ち着かせるように息をついた後、ローガンはアメリアの背中と足の辺りに腕を潜り込ませ力を込め、それから慎重に立ち上がった。

（軽いな……）

率直な感想を胸の中で呟く。肉付きは確かに良くなっているが、もう少し栄養をとった方が良いかもしれないとローガンは思った。

いわゆるお姫様抱っこの体勢で、ローガンは足を踏み出す。

「んぅ……」

一瞬、アメリアが顔を顰《しか》めたがすぐに、すやあ……と眠りの世界に戻っていった。

ホッとローガンは胸を撫で下ろす。どうやらかなり眠りは深いようだ。

アメリアを起こさぬよう、ゆっくりと扉を開けて廊下に出る。

そのまま寝室に向かっていると。

「……おやおや」

向こうから歩いてきたオスカーが、アメリアを抱くローガンを見るなり微笑ましい顔をした。

「ウィリアム氏の話が退屈でしたかな？」

「いいや、関係ない。単純に寝不足なのと……」

その先を告げようとして口を噤《つぐ》む。

抱擁して頭を撫でていたら眠ってしまった、などと口にするのは流石のローガンとしても気恥ずかしいものがあった。

「それよりも、ウィリアム氏の件、感謝する。お陰で、アメリアに良い師が出来た」

「お役に立てたようでしたら何よりです」

「流石はオスカーの友人の紹介、とても優秀な人だったな」

「そうでしょう、そうでしょう」

オスカーが誇らしげに何度も頷く。

「彼は私の友人……カイド大学の学長きっての推薦でしたので、実力はお墨付きです」

「カイド大学の学長……オスカーの交友関係は凄まじいな」

「無駄に人生を長生きした分、古い友人は皆、出世していったようです」

ふふふと、オスカーは懐かしそうに目を細める。

「これを機に、ローガン様も学問の湖に戻ってみてはいかがかな？」

「ここ最近まで仕事漬けだったからな。少し余裕が出てきた分、また勉学に励むのもやぶさかでは……」

——軍略についての学問は、基礎知識程度しか修めていませんが。

——最も関係ないことだな。お前のその、『一度見たら忘れない記憶力』を使えば、すぐに専門家の仲間入りだ。

先日のクロードとのやりとりが浮かんで、ローガンは言葉を切る。

「ローガン様？」

「ああ、いや……なんでもない」

頭を振って、ローガンは記憶を頭から追い出した。

それから、二言三言オスカーと言葉を交わして別れる。

アメリアを寝室へ運ぶ途中、ローガンの胸中は靄《もや》がかかっていた。

◇◇◇

――将来、アメリアのことを大事にしてくれる人が現れたら……その時は、たくさん魔法を使ってあげて。

声が響いた。懐かしい、声。

いつ、誰にかけられた言葉なのか、ぼんやりと思い出せる。

夕暮れに染まる、どこかの庭先。

多分、離れの庭先だ。

『うえぇぇん……おがぁさん……』

膝に怪我《けが》をした幼いアメリアが涙を流して泣いている。

そんなアメリアの膝に、母ソフィが懐から小瓶を取り出し、中の液体をふりかけた。

『痛いの痛いの飛んでいけー』

効果はすぐに現れた。

『……痛く、ない……』

アメリアの目が大きく見開かれる。

『すごいすごいすごーい！　お母さん、どうやったの？』

『んー、魔法かな？』

『まほう！　私も使えるようになりたい！』

『じゃあ、たくさん勉強しないとね』

『たくさん勉強したら、痛いの痛いの飛んでいけーが、使えるようになるの？』

『もちろん』

言い聞かせるように、ソフィはアメリアに言った。

『アメリアには、私の魔法を全部教えてあげる』

『ほんと!?』

『ええ、もちろん。そしたら……』

アメリアの目をまっすぐ見て、ソフィは言葉を贈る。

『将来、アメリアのことを大事にしてくれる人が現れたら……その時は、たくさん魔法を使ってあげて』

『うん、わかった！』

優しく微笑む母の言葉に、アメリアは力強く頷いた。

——急に、場面が変わる。

慣れ親しんだ、ハグル家の離れが見える。

他の貴族から見ると足を踏み入れるのも穢《けが》らわしいと躊躇《ちゅうちょ》するようなオンボロ家屋。

アメリアにとっては、母親との思い出が詰まった大切な場所。

薄暗い空からしんしんと降りてくる雪が、辺りに降り積もっていた。

場面が変わる。

『おかーさん！　お願い！　起きて！』

子供の声が聞こえる。女の子の声。アメリアの声だ。

オンボロ家屋の中。粗末なベッドの上で、横たわる女性はソフィ。

先ほどと打って変わってソフィは骨のように痩せ細り、髪もボロボロになっている。

顔からは生気が抜け落ち、今にも消えてしまいそうな儚《はかな》さを纏っていた。

ソフィに、アメリアが必死で声を張って呼びかけている。

ぼんやりとした意識が、目の前の光景がなんなのか、察した。

『ほらっ……お母さん！　リジーナとネオリーフで作ったくすり！』

涙で顔をぐっしょり濡《ぬ》らしたアメリアが、母ソフィに小瓶を見せる。

『お母さん、これ飲んだら病気が治るって言ったよね……!!　だから飲んでっ……』

ソフィはうっすら瞼を持ち上げて、唇を震わせながら言葉を空気に乗せた。

『アメ……リア……』

『なにっ？　お母さん、私にできることがあるなら言って！　私、お母さんが元気になるならなんだって……』

そっと、ソフィの手が力無く持ち上がる。

その手が、アメリアの頬を愛《いと》おしそうに撫でた。

『あなたが生まれてきてくれて、良かった……ありがとう』

ふんわりと、ソフィが笑う。

今まで数えきれないほどアメリアに向けてきた、優しい笑顔。

アメリアが大好きだった笑みを浮かべ、心の底から湧き出た思いを、ソフィは言葉にした。

『愛してるわ、アメリア……』

それは、愛する我が子に贈る、最期の言葉だった。

頬を撫でていた手が、力無く落ちる。

『やだ……お母さんっ……起きて……目を覚まして……！』

再び瞳を閉じて微動だにしなくなったソフィに、アメリアが抱き縋《すが》って声を上げる。

しかし何度呼びかけても、ソフィが再び目を開けることはなかった。

幼心ながら、母とはもう二度と言葉を交わすことができない。

もう二度と、あの優しい笑顔を見ることができない。

その残酷な事実を受け入れたくないと、アメリアは何度も何度もソフィに向かって声をかけ続ける。何度も何度も、声も涙も涸れて、息ができなくなって、力尽きるまで。

何度も何度も、何度も……。

少しずつ、二人の光景が遠ざかっていく。

徐々に薄暗くなっていき、やがて視界は闇に包まれた。

——ひとりに、しないで……。

ぽつりと、そんな声が聞こえたような気がした。

◇◇◇

「アメ……様……リア様……」

声が聞こえる。

強く自分を呼ぶ声で、闇底に落ちていた意識が覚醒する。

「アメリア様！」

「お母さん……!!」

喉から声が飛び出した。

がばっと起き上がって辺りを見回す。不明瞭だった視界が開けてくる。

広く、清潔感もある、明るい部屋。

ヘルンベルク家に嫁いでから毎日のようにお世話になっている自室だ。

隣を見ると、驚いたように目を丸くするシルフィの姿。

「シルフィ……」

「えっと……お母さんじゃなくて申し訳ございません」

「あっ、いやっ、ちがっ……えっと、これは……」

「お気になさらず。私は何も聞いてませんので」

妙な気遣いと共に淡々と言葉を返すシルフィ。

そのいつも通りさに、アメリアの胸がほっと安堵《あんど》の音を立てた。

窓を見ると、もうすっかり暗くなっている。

(うう……何やってるのよ私っ……)

一方のアメリアは、顔を真っ赤にしていた。

夜まで眠りこけていた理由はありありと思い出すことができる。

昼下がり、ウィリアムとの顔合わせを終えた後、ローガンに抱き締められて、頭を撫でられた。

その結果、見事にアメリアは眠りの世界に落ちてしまった。

そこから寝室までどう移動したのかはわからない。

(……ローガン様がここまで運んでくれたとしたらどうしよう……顔向けできない……)

寝不足も相まっていたとはいえ、なんという体たらく。

それに加え、寝起きからシルフィをお母さん呼ばわりするという失態。

自分のポンコツっぷりに、今すぐ床に穴を掘って入りたい気持ちに……。

（……お母さん？）

頭の中できらりと、何かが光る。

「そんなことよりもアメリア様、大丈夫ですか？」

心配げに、シルフィが顔を覗《のぞ》き込んでくる。

「なにやら、随分とうなされていたようですが……」

「うなされ……」

ここでようやく、アメリアは自分が汗ぐっしょりで、呼吸も浅いことに気づいた。

同時に、寝ている間に見た夢の内容が頭の中に流れ込んでくる。

夕暮れ、離れの庭。膝を怪我した自分。

怪我を治してくれた母。雪が降る寒い日。

ベッドの上に横たわる母。泣き叫ぶ幼い自分の姿。

痩せこけた肌、生気のない母の顔、涙、薬、力無く落ちていく骨のような手。

思い出すには重すぎる記憶の数々がフラッシュバックして、ずきんと頭に痛みが走る。

「アメリア様!?」

頭を押さえたアメリアにシルフィは声を上げる。

「ごめん、心配かけて……でも大丈夫……」

一度大きく深呼吸して、バクバクとうるさい鼓動を落ち着かせる。

表情に影を落とすアメリアにシルフィが尋ねる。

「怖い夢でも、見たのですか？」

「怖い夢……じゃないわね」

大抵、夢はすぐに忘れるものの、今回見た夢は鮮明に思い起こすことができた。

それだけ、アメリアの記憶に深く刻まれた光景だったということは間違いない。

「どちらかというと、かなし……いえ……」

首を振り、目を優しく細めて、アメリアは言葉を落とす。

「懐かしい夢を、見ていたわ」

もう十年も前、母ソフィが病に倒れた。

ソフィが罹った病は、治療薬を飲まない限り死に至ってしまう恐ろしいもの。

元々身体が丈夫な方ではなかった母は、みるみるうちに衰弱していった。

――お願い！　お母さんを助けて……!!

アメリアは必死に、父や義母に治療を訴えたが。

――フン！　くだらん、そんなことに我が家の大事な金を使うわけないだろう！

――治療にも薬にも馬鹿にならないお金がかかるの！　穀潰《ごくつぶ》しのお前たちに買い与えるなんて、本気で思っているの!?

後からわかったが、この病気を治療するには決して少なくないお金が必要だった。

とはいえ、貴族からするとさほど痛手ではなく、自分の大切な家族を治すとなると躊躇なく出していただろう。

しかしソフィは、ハグル家の当主セドリックからしても、その妻リーチェからしても厄介者の平民でしかない。

結果として、ソフィに十分な治療が行われることはなかった。

アメリアは必死で色々な薬をソフィに飲ませたが、徒労に終わる。

結局、アメリアに見守られながらソフィは息を引き取った。

これも後からわかったが、その病を治す薬は、離れの庭で採取できる植物では再現のできないものだった。

あの時の悔しさが、無力感が、アメリアを突き動かし、今の膨大な知識を修得するに至ったのはまた別の話である。

「…………」

どこか寂寥めいた表情をするアメリアに、シルフィは気遣うように言葉を口にする。

「かなり遅めにはなってしまいましたが、お夕食はどうされますか？　食欲がないようでしたら、無理に食べなくても……」

「ねえ、シルフィ」

アメリアが、尋ねた。

「お母さんって、どんな人？」

文脈とはなんら関係のない急な質問に、シルフィは目を瞬かせる。

「母親ですか、そうですね……」

顎に人差し指を添えて、天井を見上げてからシルフィは答える。

「とりあえず、何を考えているのかわからない人ですね。表情があまり変わらない、感情の起伏が少なめで、淡々としているといいますか」

「そ、それは……シルフィのお母さんらしいわね」

母親の特性をしっかりと、シルフィは受け継いでいるようだ。

「でも……母はとても、優しい人です」

口元をほんのり緩めて、シルフィは言う。

「私の家は母子家庭で姉妹が多く、それほど裕福な家庭ではなかったのですが、家に食べ物が少ない時でも、母は工夫して料理をしてくれました。パンくずと野菜だけでも、母の手にかかれば美味しいスープに変わるんです」

普段は言葉少ななシルフィが、すらすらと母親について語っている。

その声には、春のひだまりのように温かな感情が込められていた。

「あと寒い冬の日には、遠くまで薪《まき》を取りにいってくれたり、自分の身体を私たちに寄せて温めてくれました。それから学校に行けない私たちに、毎晩、字の書き方や計算なども教えてくれて……

そのお陰で、今の仕事に就くことができました」

母のことを楽しげに話すシルフィを見ていると、アメリアも微笑ましい気持ちになってくる。

「お母さんのこと、好きなのね」

「ええ、もちろん」

淀《よど》みない表情で、シルフィは言葉を紡ぐ。

「大好きですよ」

声が、蘇る。

――愛してるわ、アメリア……。

病床に臥《ふ》しながらも、ソフィが最期に見せた優しい笑顔が蘇る。

「………そっ、か」

気のせいだろうか。

自分の声が、どこか湿り気を帯びているのは……。

「ア、アメリア様っ!? どうしたのですか?」

「えっ……」

シルフィのギョッとした声で、気づいた。

頬に指を添えると、湿った感触。

目尻から、涙が溢れ出ていた。

「あっ、えっと、これは……」

取り繕うように言うと余計に涙が溢れてくる。

動揺した顔でシルフィが尋ねてきた。

「本当に大丈夫なんですか、アメリア様？　様子が変ですよ、私のことをお母さんと呼んだり、私の母について尋ねたり……」

「ううん、なんでもない、なんでもないの……」

ぐしぐしと、頬を伝う涙を腕で拭う。

なぜ、このタイミングであの日の夢を見たのか。

なんとなく、わかった気がした。

——将来、アメリアのことを大事にしてくれる人が現れたら……その時は、たくさん魔法を使ってあげてて。

いつかの日に、母が自分に託した言葉。

——母が病気を患って、なんとか治せないものかとたくさん勉強して、色々試したんですけど、ダメで……それが悔しくて……もう二度とあんな思いをしたくない、そう思って、もっとたくさんの知識を、って勉強したんですよね……。

つい先ほど、ウィリアムとの顔合わせを終えてローガンに話したこと。

きっとそれらが、過去の自分の思いと繋《つな》がり夢となって現れたのだろう。

（あの日の私のように……大切な人を失って悲しむ人を、少しでも……）

それが、アメリアの決意だったのだ。

いつの間にか、涙は引いていた。

「シルフィ」

珍しく動揺した様子のシルフィに、アメリアは迷いのない語気で言う。

「私、頑張るから」

その表情は、嵐が過ぎ去った後の空のように晴れやかだった。

一方、何が何やら釈然としない様子のシルフィだったが。

「アメリア様は十分、頑張っておられますよ……」

それだけは間違いないとばかりに、力強く頷いた。

◇◇◇

トルーア王国の知の集合体と称され、たくさんの学生たちでごった返すカイド大学のキャンパスも、深夜になれば閑散とする。

まだ校舎に光を灯《とも》しているのは、外飲みと銘打って校舎で晩酌をする遊び人の生徒か、日夜研究に明け暮れる教授くらいだろう。

「ダメですね……」

校舎のとある一室。

日夜研究に明け暮れる教授の一人、ウィリアムの独り言が落ちる。

ウィリアムは、ヘルンベルク家を訪問した際に着用していた余所《よそ》行《ゆ》き用の服ではなく、ところどころ土汚れのついた白衣を纏っていた。

「イグリミの花びらだと、代替としては効果が薄すぎる……他に何か……」

そう言って、ウィリアムはペラペラと分厚い本を捲《めく》った。

研究室は、植物を愛するウィリアムによって創造された混沌《こんとん》とした空間だった。

壁一面には様々な乾燥植物が美しく展示され、木製の棚には重厚な書類の山や多種多様な薬草、粉末にされた薬が整然と並べられている。

ウィリアムが座る大きなテーブルの上には、手書きのメモや研究ノート、何冊もの本が乱雑に散らばり、その間からは色とりどりの薬瓶が見え隠れしていた。

長きにわたる研究によって床は草木の葉や茎で散らかり薬草の香りが充満している。しかしそれは言い換えると、新たな可能性を追究するウィリアムの情熱ともいえる香りであった。

「ようウィリアム。今日も朝まで研究か？」

今日も今日とて研究に励むウィリアムに声がかけられる。

自分の世界に入り込んでいたウィリアムは、その声に反応するのに少しの間を要した。

「ノックくらいしたらどうですか、リード」

ため息をつき、椅子ごと声の主に身体を向ける。

ウィリアムの視線の先には、自分より一回りほど年上の男性が腕を組んで立っていた。

男性――リードは、日頃引きこもっていて線の細いウィリアムとは違いたくましい体軀《たいく》をしていて、盛り上がった筋肉のラインが白衣からも窺《うかが》える。

青みがかった髪は短く髭《ひげ》を濃く生やし、目元は笑いを帯びていた。

他の研究者と違って、明るい太陽のような雰囲気を持っている。

「したさ、前に言われた通りきっかり三回な」

リードが言うと、ウィリアムはバツの悪そうな顔をして言った。

「次からは斧《おの》でノックをすることを推奨します」

「しねーよ！　ただでさえ研究費を削減されてるんだ、これ以上部屋をボロボロにするわけにはいかんだろう」

「お気になさらず。雨風さえ凌《しの》ぐことができれば、研究は行えるので」

「お前は良いかもしれんけどよ……」

苦笑を漏らすリードは言う。

「まあとにかく、のめり込むのは自由だが、無理はしないようにな。優しい同僚からのありがたい忠告だ」

「こんな時間まで校舎に残っている貴方《あなた》も、人のことは言えないでしょう」

二人の声色に気遣いや緊張といったものはない。

軽口を叩き合う二人の間にはそれなりに付き合いが長いのとは別に、同じ学問の道を歩む者同士、ある種の信頼関係が窺えた。

「それで、用件はなんですか？」

その辺に転がっていた椅子をギギギッと持ってきて座るリードに、ウィリアムが尋ねる。

「用が無いのに来ちゃいけないのか？」

「私は忙しいので、これで」

「待て待て待て冗談だ！　昼間のことが気になって聞きに来たんだよ。ほら、学長伝で貴族から家庭教師を頼まれて出向くと言ってただろう？」

「ああ、その件ですか」

リードの言葉でウィリアムは察しをつけたようだった。

「ヘルンベルク家への訪問の件ですね」

「ヘルンベルク家だって!?」

ウィリアムの言葉に、リードがギョッと声を上げた。

「そんなに驚くことですか？」

「だってお前、ヘルンベルク家って……あの暴虐公爵の……」

「暴虐公爵？」

リードの言葉にウィリアムは眉を顰める。

「なんですか、その物騒な呼び名は」

「いや、ヘルンベルク家の当主ローガンは傍若無人で気が短く、すぐに令嬢に手を上げる暴君だそうだぞ」

「…………？　誰のことを言ってるんですか？」

ますます、訳のわからないと言った表情を浮かべるウィリアム。

「私が今日接した限り、ローガン様はとても丁寧で物腰の柔らかい方でしたが……」

「いや、俺も実際に会ったことはなくて、他の貴族から噂《うわさ》で聞いただけだが……ウィリアムの話を聞く感じ、出鱈目《でたらめ》な噂だったかもしれないな」

「別人では無い限りは、そうですね」

「それで、ローガン公爵はどうだった？　優秀だったか？」

「あ、いや……私が家庭教師をするのは、ローガン様ではなく、婚約者のアメリア様の方ですね」

「アメリア様だって……!?」

ギョギョギョッと、リードが再び顔を驚愕《きょうがく》に染めた。

「なんでまた、そんなに驚いてるんですか？」

「だってお前、アメリア様って、あの醜穢《しゅうわい》令嬢だろう……？」

「しゅうわ……なんと言いました？」

「醜い、穢らわしい、と繋げて醜穢《しゅうわい》だ」

「なんですか、その不名誉な呼び名は」

リードの言葉に、ウィリアムは再び眉を顰める。

「これも知らないのか？」

「貴族社会には興味が無さ過ぎて。相変わらず、貴族事情に詳しいですね」

「こう見えても一応、子爵持ちだからな」

腰に手を当て胸を張り、リードは得意げに鼻を鳴らした。

一口に教授と言っても出自は様々だ。

ウィリアムは平民の出から実績で学位を勝ち取ったが、リードは代々子爵貴族の出で幼稚舎からエリート街道をひた走ってきている。

それなりに社交界に顔も出しているため、その辺りの事情に詳しいのだろう。

「って、そんなことはどうでもいい。ヘルンベルク家の婚約者のアメリア様は確か、ハグル家の長女だ。『醜穢《しゅうわい》令嬢』『傍若無人の人でなし』『ハグル家の疫病神』と……散々な言われようだぞ。彼女も社交界にはデビュタント以降、ほとんど顔を出してないようで、俺も会ったことないんだがな」

「それこそ荒唐無稽な噂ですね」

ウィリアムが断言する。

その声は微かに怒りを含んでいた。

「少なくともアメリア様は、醜くも穢れてもいない、とても美しい令嬢でしたよ」

「別人か……それとも、誰かが意図的に虚偽の情報を流したか……」

ローガンの件と言い、アメリアの件と言い、噂と実情のズレにリードは眉を顰めた。

貴族社会でこの手の荒唐無稽な噂が出回るのは珍しくない。

一部の貴族たちが自分たちの地位や名声を守るため、または他の貴族を出し抜くために情報戦を繰り広げているからだ。

噂やスキャンダルはその一部で、事実を脚色したり時には完全な虚偽を流布することで他の貴族の評判を落とし、自分たちの地位を確保しようとする。

結果として真偽不明な情報が飛び交い、誤解や偏見が生まれることも多々あるのだ。

……まさかローガンの噂についても、本人が結婚したく無い願望から自ら流した噂で、アメリアの噂についてはハグル家当主が己の汚名を払拭するためかつ、妹エリンの名声を高めるために流したものだと、二人が知る由もない。

なんにせよ学者らしく、自分の目で見たものを真として受け止めるウィリアムにとって、リードが口にしたアメリアの噂は気に留める価値もないものであった。

ウィリアムが言葉を続ける。

「それに、疫病神という表現も不適切ですね。彼女は、とても優秀な令嬢ですよ。しっかり勉強を続けたら、業界に新しい風を吹き込むかもしれません」

「ほう……」

リードが顎に手を添えて言う。

「珍しいな、ウィリアムが人を高く評価するなんて」

「事実ですので。正直な話、今回は学長きっての頼みだったので赴きましたが、今日の顔合わせで時間を費やすに値しないと判断したら、家庭教師の件は辞退する予定でした」

「まあお前も多忙だからな。最年少で学位を取った天才様よ」

「その呼び名は好きじゃないと何度も言ったはずですが」

「ああ、悪い悪い」

リードがぷらぷらと手を振る。全く反省していない様子だ。

「とにかく、お前が時間を費やすべきだと判断した……ということは、相当な逸材なんだろう」

「ええ、それは保証します。ただ……」

「ただ?」

ウィリアムが眉を顰める。

頭に、昼間アメリアと顔合わせした時の記憶を映す。

――ゆくゆくはこういった薬の開発に関わりたい、という意志はアメリア様にございますか？

――植物を調合して薬を作るのは前々からやっていますし、好きなことなので……あと、やっぱり人の役に立ちたいという思いが強いので……。

アメリアの、人の役に立ちたいという純粋な言葉。

それに嘘は無いのだろうと思う一方、ある種の危うさのようなものも感じる。

「いや……なんでもないです」

とはいえ、現段階では言語化するほどもない違和感だとウィリアムは判断した。

「なんにせよ、アメリア様の能力や知識に関してはまだ完全に把握したわけではないので、今後どうなるか、というところですね」

「なるほどなあ」

感心したようにリードが頷く。

「ひとまず、もう少し紅死病《こうしびょう》の研究をしたあと、アメリア様専用のテスト問題集作りをする予定です。その結果次第でどのレベル感の教材で勉強するのか、それからどのようなカリキュラムで進めていくのか考えないとですね。ああ、そういえば報酬面についても考えてくれと言われてました

……まあこれはどうでもいいとして、やることが満載ですね……」

顎に手を添え早口で言うウィリアムに、リードが小さく吹き出す。

「なんですか」

「いんや、楽しそうで何よりだと思っただけだ」

「楽しそう？」

不思議そうにウィリアムは目を丸くする。

「そんな顔、してました？」

「ああ。ここ最近、紅死病《こうしびょう》の新薬開発の件で煮詰まって、ずっと顰めっ面をしていただろう？　だからある意味、今回の話は良いリフレッシュになるんじゃないか？」

「そうかも、しれませんね」

言葉を落とし、ウィリアムは考える。

（とはいえ、アメリア様はまだ十七歳……それに、学び方も独学でセオリーに沿っていないので、過度な期待は禁物ですね）

それは、今までのアメリアの経緯を考慮すると当たり前の判断だった。

（まずは基礎的な部分で抜けている部分から、学んでもらうとしましょう）

呑気《のんき》に考えるウィリアムは知らなかった。

アメリアという少女が持つ、植物に対する異常な愛情、積み重ねてきた知識の量。

そして何よりも、天性の才としか思えない能力をアメリアが持っていることに。

明日、ウィリアムのアメリアに対する印象は見事に覆されることになる。

◇◇◇

ウィリアムが大学でリードと話している頃。

屋敷からほど近い町にある実家にライラは帰宅した。

ヘルンベルク家の使用人は住み込みで働く者も多いが、家が近い者は帰宅が許されている。

「……ただいま」

ライラもその一人だ。

ここは彼女の実家であると同時に、家族で営んでいる小さな花屋でもある。

おかえりと返す者はいない。

玄関は薄暗く、どこか冷たい空気を纏っていた。

「おお、帰ったか……」

リビングへと進むと、机にうつ伏せの男がライラを迎えた。

焦燥した顔、曇った目、疲労によって色褪《いろあ》せた頰。

「ただいま、パパ。って……またこんなに飲んで……」

父親ルカイドに、ライラは憂慮を含んだ声で言ってから、空になった酒瓶を一つ一つ丁寧に片付ける。ここ最近、毎晩のように繰り返される光景。

そのたびにライラの心は少しずつ痛んでいた。

「すまんな、ライラ」

「気にしないで。でも毎日は身体に悪いから、控えないと……」

ライラの心配する言葉に、ルカイドは何も答えない。

娘の心配をすんなりと聞き入れる気はないようだった。

前までは明るく、元気だった父がなぜこうなったのか。

その理由を痛いほどわかっているライラは、それ以上何も口には出来ない。

「ママの調子は？」

「あまり、よくない……」

「そっか……様子、見てくるね」

こくりと、ルカイドが頷くのを見てから、ライラは準備に取り掛かる。

水や濡れタオル、簡単に食べられそうなものを用意してライラは二階に向かう。

手元に持った灯火《ともしび》が僅かに揺らぎ、ライラの影がゆらゆらと壁に映る。

「ママ、入るよ」

ドアのノブをゆっくりと回し扉を開ける。

部屋の主に対する配慮か、中はぼんやりと灯《あか》りに照らされていた。

部屋の隅にあるベッドには、まだ目を覚ましている女性の姿があった。

「おかえり、ライラ」

病床に横たわっているのは、ライラの母セラス。

かつて『お店で一番綺麗《きれい》な花』と評判だったセラスの姿は、もはや見る影もなかった。

痩せ細った体軀、生気の薄い顔。

頰は痩せこけ、目の下にはくっきりと浮かび上がる隈《くま》があった。

セラスの顔や露出した肌からは、赤い痣が覗いている。

それが、セラスの抱える病の証《あかし》だった。

「ごほっ……ごほっ……」

娘の帰宅を喜んだセラスが起きあがろうとするも、すぐに苦しそうに咳《せ》き込む。

「ママ！」

ライラはその場にお盆を置いて、慌ててセラスの元へ駆け寄る。

セラスの傍《そば》に身を寄せ、小さな背中を撫でる。

掌《てのひら》から頼りない感触が伝わってきて、思わずライラの表情が強張った。

「ママ、大丈夫？　ほら、お水持ってきたから、ゆっくり飲んで……」

ライラは水を取ってきて、水を優しくセラスの口元に運んだ。

すっかり弱ってしまった母を見ると、前までの楽しかった日々が、まるで遠い昔のように思えてくる。

「ありがとう、ライラ……」

呟き声が静かすぎて、まるで風に飛ばされそうなほどだった。

セラスの手が探るようにそっと伸び、ライラの手を取る。

握られた手は、今にも消えてしまいそうなほど弱々しい。

つい一ヶ月前まで、ライラの家は貧しいながらも幸せな家庭を築いていた。

両親が営む花屋はこの辺りではそこそこ繁盛していて、地元民を中心にお客さんも多かった。

しかし、王都で流行《はや》っていた病がこの町にも広がり始め、つい二週間前にセラスが倒れた。

すぐに医者にかかったものの、現状だと有効な薬がなく、自然治癒に任せるしかないと家に帰された。

こうして、セラスは病床での生活を余儀なくされる。

最初はルカイドが前に立ってなんとかお店を切り盛りしていた。

しかし、最愛の妻が日に日に衰弱していくにつれてルカイドも精神的に弱ってしまい、酒に頼らざるを得ない状況になった。最近はお店も閉め続けてしまっていて、ライラの少ない給金でやりくりしているのが現状であった。

「ごめんね、ライラ……苦労かけて」

「大丈夫よ、ママ。気にしないで」

安心させるように、ライラが笑みを浮かべる。

どんなに辛《つら》くても、母親を心配させまいと笑顔を忘れない。

それが今のライラにできる支えだった。

逆に言うと、そのくらいしか出来ることがなかった。回復を信じてただただ看病をすることしか出来ない口惜しさが、ライラの身に裂くような痛みを生み出している。

「ライラ……」

「なあに、ママ」

セラスの声は今にも消えそうなほど小さい。

それでも、彼女の視線はライラに向けられていた。

光の薄い瞳は焦燥が混ざっていたが、何よりも愛情が溢れている。

「もし私が……いなくなっても……お願いだから、自分の幸せを探しなさいね……」

その言葉が耳に響いた瞬間、ライラの心が激しく揺さぶられた。

母の胸中を否応《いやおう》なく感じ取ったライラは、全身から力が抜け落ちそうになる。

「そんな、弱気にならないで！」

受け入れ難い現実を否定するようにライラが声を上げる。

思わず、ライラはセラスの両肩に手を添え、言った。

「きっと、大丈夫。大丈夫だから、私が……」

ライラの唇が、きゅっと結ばれる。

「私が、なんとかするから……」

その言葉は、確かな力を伴って部屋に響いた。

第四章　アメリアの覚醒

「ふあ……よく寝た……」

自室のベッドの上で、アメリアは天井に向けてぐいーっと両腕を伸ばす。

窓から差し込む光が心地よく、今日一日の始まりを祝福してくれているようだ。

ちらりと視線を横に流すと、ベッド脇のテーブルに何冊もの本が積み重なっている。

昨日は日中にたっぷり寝てしまったため、書庫から自分の部屋に本を何冊か持ってきて、眠くなるまで読んでいたのだ。

そのどれもが植物関連の本。特に昨日ウィリアムとの会話の中で出てきた、ザザユリに関する記載のある本を選んでいる。

知識にない植物の名が出てきたらソワソワして落ち着かないので、昨晩みっちりと頭に叩《たた》き込んだのだった。

「……シルフィが来るまで、少しだけ」

手を伸ばし、本を開く。

そのまましばらく、アメリアは本の世界に没頭していた。

「この本も、ザザユリについての記載が少ないわね……でも仕方ないか、そもそも国内ではほとんど採取できない植物らしいし……」

ぶつぶつ呟《つぶや》いていると、ノックの音が部屋に響く。

「アメリア様、起きておられますか？」

「はーい」

シルフィは入室するなり、食い入るように本を読むアメリアを見て嘆息する。

「朝から勉強熱心なのは良いことですが、そろそろ朝食の時間ですよ」

「ちょ、ちょっと待ってね。今いいところだから、あと五分だけ……」

「その五分を許容していると五時間くらい経《た》ってしまいそうなので、早くその本を仕舞ってください」

「うっ……何も反論ができない……」

後ろ髪を引かれるような気持ちで本を閉じ、ベッドから下りる。

（朝食を食べたら、続きを読もう……）

そんな決意をするアメリアに、シルフィは言った。

「そういえばアメリア様、本日は午後からウィリアム様がいらっしゃるようです」

「ええっ、ウィリアムさんが!?」

◇◇◇

昼下がり。

ウィリアムが来るということで、アメリアとシルフィは応接間へと向かっていた。

「わ、私一人で行ってもいいのかな？　ローガン様も一緒の方が……」

「ローガン様は本日、仕事の関係で同席出来ないとのことでした。なので、ウィリアム様と一対一になるかと」

「うぅ……そうなのね……」

「良い機会じゃないですか？　今後、ウィリアム様に家庭教師をしていただくにあたって、ずっとローガン様にそばに居て貰《もら》うわけにもいかないですし」

「それは、そうなんだけど……」

シルフィやライラといった侍女がそばにいるとはいえ、年上の男性に個人指導を受けるというのは想像するだけでも緊張してしまう。

（せめておかしな子だと思われないように頑張らなきゃ……）

身体《からだ》がカチコチになりながらも、シルフィの案内で応接間に向かう途中。

「あっ、リオ」

「こんにちは、アメリア様」

ローガンの従者、リオと鉢合わせた。

リオはアメリアと目が合うなり深々と頭を下げる。

「こんにちは。それより、手の怪我《けが》は大丈夫？」

「そのことですが……」

リオが手を上げ、甲の側をアメリアに見せる。

「昨日は、ありがとうございました。おかげですぐに腫れが引いて、この通りです」

そう言ってリオは、ぷらぷらと手を揺らす。

言葉の通り腫れの痕跡はなく、綺麗《きれい》な手の甲が姿を見せていた。

「あと、気付け薬？　でしたっけ。あの薬もありがとうございました、おかげで心なしか、昨日は普段と比べてとても元気に過ごすことができました」

「どちらも効いて良かったわ！　でも……」

表情を笑顔から真面目に変えるアメリア。

「そんな動かしちゃダメよ。まだ治ったばかりなんだから、なるべく安静にね」

アメリアが人差し指を立てて言うと、リオは口に手を当てクスリと笑った。

「な、何……？　私、変なこと言ったかしら？」

「いえ、失礼しました。アメリア様って、超がつくほどお人好《ひとよ》しだなと思って」

「お人好し……？」

（そんなことはないと思うけど……）

釈然としないアメリアは、こてりんと小首を横に倒す。

自分としては当たり前のことをしたつもりだったので、リオの言葉の意味をいまいち理解しきれないアメリアであった。

「なにはともあれ、ありがとうございました」

笑みを浮かべたまま言うリオ。

その笑顔を、アメリアがじーっと見つめる。

「あの……いかがなさいました？」

「リオってやっぱり、笑顔の方が素敵ね」

「……はい？」

予想外の言葉だったのか、リオがぱちぱちと目を瞬かせる。

アメリアとしては、何ら深い意味合いはなかった。

リオが初めて自分に笑顔を見せてくれた。

そのことに、胸の辺りがほんわりと温かくなって、率直な感想を口にしたままでだった。

笑顔を褒められたことが照れ臭かったのか、リオはわざとらしく咳払《せきばら》いをした後。

「それでは、自分はこれで」

一礼して、足早にリオは場を立ち去った。

一連のやりとりを傍観していたシルフィが、ぼそりと言う。

「アメリア様って、天然の人たらしですよね」

「人たらし……？」

またまた言葉の意味がよくわからず、アメリアはこてりと首を傾《かし》げるのであった。

◇◇◇

応接間のソファに、ウィリアムとアメリアが対面で座っている。

ウィリアムは優雅な所作で、カップを口に運んでいた。

「うん、やはりここの紅茶は美味《おい》しいですね」

「恐縮でございます」

シルフィが控えめに頭を下げる。

一見すると、どこかいいところの貴族とその専属侍女のようだ。

「確か、モーニングミストでしたか？」

「昨日対応させていただいた使用人から、ウィリアム様の好みの紅茶だとお聞きしておりまして。おかわりはアンバーリーフを用意しております」

「気遣いに溢《あふ》れていて素晴らしいですね」

ウィリアムは口角を持ち上げると、カップを置いてアメリアに向き直った。

「昨日の今日ですみません、アメリア様」

「いえいえ、お気になさらず！　むしろこちらこそ、ご足労いただいてすみません」

アメリアが頭を下げると、ウィリアムが神妙な顔つきで言う。

「本当に今更で恐縮なのですが、私相手に敬語でなくても構いませんよ？　教授の中に貴族出身の方はちらほらいますが、私はしがない平民出身です。公爵家の夫人となられる方に敬語を使われるのは……少し、その……」

「うっ……そう、ですよね……」

言いづらそうに言葉を切るウィリアムに、アメリアは（やっぱり……）と言った表情をする。

シルフィは小さく嘆息していた。

基本誰に対しても低姿勢なアメリアは、初対面の相手に対しては自然と敬語が出てしまう。

そもそもの人柄といえばそうなのだが、流石《さすが》に公爵の婚約者という立場で、特に使用人に対し敬語を使うのは見え方的に推奨されるものではない。

シルフィやオスカーから注意を受けて少しは意識づけられるようになったものの、ウィリアムは自分の師となる方とあって砕けた口調を使うのは気が引けた。

（慣習でいえば、敬語を使わないのが正しいのだろうけど……）

きゅっと固く結んだ唇を開いて、アメリアは言う。

「申し訳ございません。仰《おつしや》る気持ちはわかるのですが……たとえウィリアムさんが平民であろうと、これから師となる方に対し敬語を使わないというのは……少し、いえ、かなり気が引けます」

「なるほど……」

少し考える素振りを見せてから、ウィリアムはさらりと言う。

「アメリア様のご要望はわかりました。では、このままでいきましょう」

「ご配慮ありがとうございます……!! わがまま言って申し訳ございません」

「いえいえ、それでは早速ですが……」

ウィリアムが話を始めようとすると、アメリアは何かに気づいたような顔をした。

それからじーっと、ウィリアムを見つめ始める。

「えっと……何か私の顔についていておりますでしょうか?」

「あ、いえ……心なしか、昨日よりも目のクマが濃くなっているような気がして……」

言われて、ウィリアムは目に指を当てる。

それから苦笑を浮かべて言った。

「ああ……いやはや、お見苦しいものを見せてしまい申し訳ございません。昨日、あれから大学に戻って研究に熱中してしまいまして……結局、朝まで根詰め過ぎたようです」

「だ、大丈夫ですか? 熱中してしまう気持ちはわかりますけど……」

同じように、植物のこととなると周りが見えなくなるアメリアは深く共感する。

「顔色も悪いですし、今日はお休みした方が良いような」

「このくらいは日常茶飯事なので、平気ですよ。それよりも……」

ゴソゴソと、ウィリアムはカバンの中から紙束を取り出し、机の上にドサっと置いた。

「こ、これは……？」

「アメリア様用の問題集です。アメリア様の知識量を測定するために、まずは基礎的な分野を中心に問題を作ってきました」

「ええっ!?　こんなに……!?」

ギョッとして身を乗り出し、紙束の厚さを指で測るアメリア。

そんなアメリアの仕草を見て、ウィリアムは内心でそっと息をつく。

（やはり、テストと聞くと嫌な顔をするのはどの生徒でも同じですね……）

だがここで甘やかしてはいけない。

ごほんと咳払いをして、ウィリアムは真剣な表情で言う。

「テストと聞くと、気が重いとなるかもしれませんが、これはアメリア様の知識の量を測るための大事な作業なので。多少は面倒かもしれませんが、頑張って取り組んでいただきたく……」

「ああ、いいえ、問題を解くのはとても楽しいですし嬉しいですし大歓迎なのですが」

「た、楽しい……？」

聞き間違いかと目を瞬かせるウィリアムの一方、アメリアは申し訳なさそうに視線を落とす。

「先ほどは研究を朝までしていたと仰いましたが、この問題集も作っていたのですよね？　私のために時間をかけていただいたと思うと、申し訳ない気持ちが……」

詰まるような声でアメリアが言う。

その言葉が自分本位の欠片《かけら》もない、むしろ気遣いによるものだとわかって、ウィリアムは柔らかく目を細めた。

「……やはり、噂《うわさ》はあてにならないものですね」

「えっ？」

「いえいえ、なんでもございませんよ」

ゆっくり首を振ってウィリアムは続ける。

「なにはともあれ、手間に関してはお気になさらず。アメリア様の家庭教師を引き受けると決めたのは私で、昨日のうちに問題集を作ったのも、いちはやくアメリア様の技量を確かめたいと私が判断したからなので」

「あ、ありがとうございます。そう仰っていただけると気が楽になります……」

植物学の専門家に期待を寄せられている。

その事実に緊張も走ったが、全身が身震いするような感覚もあった。

実家を出るまでは、他人に期待されることなど皆無だった。

だからこそ、ウィリアムの言葉はアメリアの心を刺激した。

（一問でも多く答えられるように、頑張らないと……）

ふんすっと鼻を鳴らして意気込むアメリアであった。

「やる気は十分そうですね」

「か、空回りしないように気をつけます。それで、これはすぐに解いていいですか?」

「ええ、もちろん」

「やった」

胸の前で嬉しそうに拳を握るアメリア。

「ここで解くと腰を痛めそうなので、あの机でやりましょう」

「はい!」

ウィリアムの提案で、応接間の隅に設置された作業机に移動しアメリアは問題集を広げた。

「制限時間とかはありますか?」

「特に指定はありませんが……そうですね、一時間くらいでいきましょうか」

量と内容のレベル的にそれくらいだろうと、ウィリアムは判断した。

「わかりました!」

「それでは、始めてください」

ウィリアムの掛け声で、アメリアはペンを取り、問題と向き合った。

じきに、さらさらさらさらと、ペンの音だけが応接間に響き始める。

それからずっと、アメリアはペンを動かし続けた。

まるで、止まることを知らない渡り鳥のようだ。

（テストをこんなにも楽しそうに解く子は、なかなかいませんね……）

うきうきるんるんと問題を解くアメリアを、ウィリアムは不思議な生き物を前にしたように眺める。カイド大学はトルーア王国一の教育機関と呼ばれているが、芯の通った志を胸に入学してくる生徒はごく僅かだ。

親の七光りで入学する者、将来は安定職に就きたいというふんわりとした理由で入学してくる者が大半である。

真剣に講義を聞くものは少なく、テストとなれば不平不満を漏らす生徒も多い。

自分が学生の時の周りも同じような調子だったので、元来、大学に来る者とはそういうものだろうと思っていた。

正直、ウィリアムは自分が教育者に向いているとは思っていない。

お金をかけず最先端の設備で研究に励むには学位を取得し大学に所属するのが手っ取り早いと判断して、カイド大学に籍を置いているにすぎない。

教壇に立つようにしているのも、大学で思う存分研究に励む条件として、週に何度か学生に講義を展開することが義務付けられているからだ。

また三十にもなっていない、研究者の中では若手のウィリアムに次世代を担う若者を育てたいという意欲があるわけでもなく、半ば義務のように教授としての職務を全うしてきたが……。

（こうもやる気に満ち溢れていると、朝までテスト問題を作っていた甲斐《かい》があったものですね……）

活《い》き活《い》きとした目でテストに臨むアメリアを見て、ある種の充実感を覚えるウィリアムであった。

しかしそんなアメリアの顔に曇りが生じてきた。

ペンは止まることなく走っているが、少しずつそのスピードが鈍ってきている。

やがて、アメリアの表情がはっきりとした不安に覆われた。

「少し、難しかったですか？」

ウィリアムが尋ねる。

実のところを言うと、基礎的な問題の中に腕試しとしていくつか応用問題も交ぜていた。

大学の学生に向けて出しているような問題なので、年齢で言うとまだ大学に入学していないアメリアが解くには厳しいものと想定していた。しかし。

「ああ、いえ……そんなことは、ないです……大丈夫です！」

「そうですか」

再び問題を解き始めるアメリア。

釈然としない返答だったが特に気に留めることなく、ウィリアムはソファに戻った。

アメリアがテストを終えるまで、ウィリアムは鞄《かばん》から紅死病《こうしびょう》に関するレポートを取り出し眺めるのであった。

◇◇◇

しばらくして。

「出来ました」

「えっ？」

耳を疑った。ウィリアムが振り向くと、テスト用紙の束をおずおずとアメリアが手にしている。

「もう出来たのですか？」

「は、はい……すみません、遅かったでしょうか？」

「いやいやいやいやいや」

思わず敬語が取れてしまう。

「早過ぎです！　量とレベルを鑑みて一時間の制限を設けましたが、まだ十分くらいしか経っていませんよ？」

「そ、そうなんですね？　てっきり、もっと時間がかかったのかと……」

「もしかして、わからない問題が多くて空白が多かったとかですか？」

「あ、いえ、一応、全部埋めました」

「…………」

「…………」

「…………とりあえず、採点しましょうか」

「よ、よろしくお願いします……」

緊張した面持ちのアメリアからテスト用紙を受け取り、目を通し始めるウィリアム。

（全部埋めたとはいえ、流石にこんな短時間で正確な解答を出来るわけがないですよね……）

一枚目、二枚目、三枚目と、答案用紙をペラペラ捲《めく》っていく。

（半分取れていれば御の字、7割正解で優秀と言ったところでしょうか……むむっ……？）

物凄《ものすご》いスピードで解答を確認していくウィリアムの目が、徐々に大きくなっていく。

やがて最後の一枚を確認し終え、しばし天井を仰いだ後。

「……満点です」

ウィリアムの驚声が応接間に落ちる。

顔には『信じられない』と書いてあった。

「やった……！」

アメリアは胸の前で拳をギュッと握って、ぱあっと笑顔を咲かせる。

シルフィが「流石です、アメリア様」と、控えめに手を叩いた。

「いやはや、これは……なんというか、想定外すぎますね……とにかく、見事としか言いようがないです」

全問正解だった時のコメントを用意していなかったであろうウィリアムは、未《いま》だ満点の事実を受け止めきれていないようだった。

「そ、そうですか？　こんなこと言うと失礼かもしれませんが、問題の内容的にかなり初級？　のようで、早めに解けてしまったので、逆に不安だったと言いますか……」

「……なるほどですね」

（テスト中に浮かない顔をしてたのは、簡単過ぎて不安になった……ということですか）

ははは……と、ウィリアムはもはや笑いしか出ない。

腕試しの意図もかねて、応用的な問題も交ぜていた。

しかしアメリアからすると階段を一段上るくらい簡単な事だったようだ。

「昨日の時点で豊富な知識を持っていると薄々は感じていましたが、いざ実際の結果として見ると凄《すさ》まじいですね……アメリア様の学問のレベルは、相当な域に達していることは間違い無いでしょう」

「本当ですか？　ありがとうございます……!!　嬉しいです！」

嘘《うそ》偽りのない、自分の出した成果を褒められてアメリアの胸が弾む。

「とはいえ、どうしましょうかね……」

ウィリアムが困ったように頭を掻《か》く。

「今日は、この問題で解けなかった部分を解説していく予定でしたが……全問正解となるとやることがなくなってしまいました」

「あ……そうだったのですね……ごめんなさい、予定を狂わせてしまい……」

「いえいえいえいえ！　とんでもございませんよ！　むしろアメリア様にとって、想定していた結果の中では最上級でしょう」

ウィリアムの言葉の通りだった。

「この問題集のテストが満点という事は、基礎的な分野でアメリア様が学ぶ事は何もありません。なので、アメリア様はいちはやく、次のステップに移れるようになったのですよ」

「な、なるほど……そう言われると、良いことですね……」

あまりピンと来ていないようだったが、とりあえずめでたい事態であることは変わりない。

そう理解して、アメリアの表情は安堵《あんど》に包まれる。

凄い事をして見せたという事実に関して、アメリア本人にさほど自覚が無さそうな点も、彼女の能力の底の知れなさを表していた。

（とはいえ、これはいよいよ、教えるべき事は上級の領域になってきそうですね……）

この若さにして、大学の学生に教えている以上の知識を教えることが出来る。

そうなると、彼女の行く末はどうなるのか。

想像すると、思わず身震いしてしまいそうになる。

大学で講義をしている時とは比べ物にならない高揚感が全身を奮い立たせる。

しかしその一方で、この少女の才能を生かすも殺すも自分次第という謎のプレッシャーも感じて、ある種の畏怖のような感情が湧いてくる。

（一回、落ち着いて考えないといけませんね……）

ウィリアムが深く息を吸って考えた、その時だった。

――こんこんと、応接間にノックの音が響き渡る。

「失礼します」

シルフィが頭を下げ、応対のため足速に扉へ向かった。

「どうし……ですか。この時間……担当は私ですよ」

「ごめ……さい、シルフィ。どうし……も、お二人に聞いて……ことがあって……」

扉の方で行われているやりとりが断片的に聞こえてくる。

（どうしたんだろう……）

ちょうど会話の切れ目ということもあり、自然とアメリアは聞き耳を立てていた。

ウィリアムも怪訝《けげん》そうに扉の方を見ている。

「あ、ちょっと、ライラ!?」

シルフィの焦りを含んだ声が弾《はじ》ける。

入れ替わりで、ライラが走ってアメリアとウィリアムの元にやってきた。

いつもの明るく活き活きとした表情は、そこにはなかった。黒くて重い鉛を溶かしたような顔を見て只事《ただごと》ではない気配を感じ取ったアメリアが、静かに尋ねる。

「ライラ、どうしたの？」

尋ねると、ライラは意を決した目で跪《ひざまず》く。

アメリアとウィリアムがぎょっとするも束《つか》の間《ま》、ライラは頭を床に擦り付け、応接間に響き渡る声で言った。

「私の母を、助けてください……!!」

◇◇◇

悲鳴にも似たライラの言葉に、アメリアとウィリアムはすぐに返答する事が出来ない。

最初に口を開いたのはシルフィだった。

「ライラ、何があったのかはわからないけれど、ひとまず話は後にしましょう。今はアメリア様とウィリアム様の大切な時間よ」

一見冷たそうに聞こえるシルフィの言葉からは、事を荒立たせない最大限の配慮が窺《うかが》えた。

一介の侍女に過ぎないライラが、当主の婚約者の時間を邪魔するなどあってはならない事だ。

良くて職務停止、下手したら解雇されるほどの大事である。

ライラへの懲罰を最小限に抑えるよう、ひとまずこれ以上時間を奪わせないために部屋からの退室を促したシルフィであったが。

「いいえ……どうしても二人に頼みたいことがあるのです……!!」

ライラはそう言って、頭を下げたまま動こうとしない。

自分がどうなってでも伝えたいことがある。

そんな覚悟を、アメリアはライラから感じ取った。

「ライラ、いい加減に……」

「シルフィ、いいわ」

「アメリア様……」

困った顔をするシルフィに構わず、アメリアはウィリアムに尋ねる。

「ウィリアムさん、ごめんなさい。少し、授業を中断して頂いてもよろしいでしょうか?」

「ええ、構いませんよ」

事の成り行きを見ていて、アメリアと同じ考えを持ったであろうウィリアムは冷静に言う。

「むしろ私も話を聞きたいです。専門外かもしれませんが、何か力になれるかもしれません」

その言葉を聞いて、ウィリアムが家庭教師でよかったとアメリアは思った。

膝を折り、アメリアは目線をライラと同じ高さにする。

「それで……ライラ、どうしたの？　ゆっくりでいいから、話してみて」

優しくアメリアが語りかける。

焦り、罪悪感、悲壮感、そしてどこか救いを求めるような期待。

面を上げたライラの顔は、さまざまな感情が滲《にじ》んでいた。

「ありがとうございます、アメリア様……」

そう口にして、ライラは立ち上がり、説明を始めた。

「実は、母が二週間前から『紅死病《こうしびょう》』を患っていまして……」

応接間の空気に、糸を張ったような緊張が走る。

紅死病《こうしびょう》──その名の通り、全身に『赤い痣《あざ》』が広がることから名付けられた病気。

放っておくと痣は徐々に広がり全身が紅《あか》くなっていく。

そして最悪の場合は命を落とすという恐ろしい病気だ。

「どの医者にかかっても、治す方法はない、自然に回復することを神に祈るしかないって言われました……でも、母の痣は日に日に大きくなっていって、体調も悪くなるばかりで……」

ライラの声は、思い出すのも辛《つら》いとばかりの悲痛を滲ませていた。

アメリアの過去の記憶が蘇《よみがえ》る。

──私も、お母さんが植物好きで、子供の頃から色々教えてくれたの。ライラも、お母さんが植物好きとか？

──お母さん……。

（あの時の、ライラの浮かない顔は……そういう、事だったのね……）

合点がいって、アメリアは深い納得を覚えた。

……同時に、ずきんと、アメリアの胸に痛みが走る。

（な、なに、今の……）

困惑するアメリアの一方で、ライラは話を続ける。

「昨日、お二人の話を聞きました……最近開発された新薬があれば、紅死病《こうしびょう》を治すことができるって……」

決意を宿した瞳でアメリアとウィリアムを見遣《みや》って。

「使用人の分際で盗み聞きをしてしまって、本当に申し訳ございません！　でも本当に、お二人にしか頼ることができなくて……不躾《ぶしつけ》なお願いだという事は百も承知ですが、その新薬を母に使っていただく事はできないでしょうか……!?　お金はどうにか工面しますので、どうか……!!」

深々と、ライラは頭を下げて言った。

誰が聞いてもわかる、心の底からの懇願。

「話してくれてありがとう。とても……辛くて、大変な状況なのね」

「アメリア様……」

優しい共感に、ライラは今にも泣きそうな顔をする。

「ただ私には、その新薬を扱うことは出来ないの、だから、その……」

アメリアがウィリアムに視線を投げかける。

ウィリアムは意図を察したようだったが、難しい顔をしていた。

先ほどは力になりたいと口にしていたものの、『紅死病《こうしびょう》』の単語が出てきたあたりから難色を示している。

「お話ししてくださりありがとうございます。状況はわかりました、ただ……」

ライラから目を逸《そ》らし、言いづらそうにウィリアムは言葉を落とす。

「確かに、紅死病《こうしびょう》に有効な新薬は最近、開発されました。ただ、お母様にそれを服用していただくのは、厳しいと思います……」

「そ、そんな……」

ウィリアムの言葉に、ライラの表情が絶望に染まる。

「な、なぜなんですか……？」

「それは……」

外部に漏らしてはならない情報なのか、あるいは言葉にするのが憚《はばか》られるのか。

食い下がるライラに、ウィリアムは口を閉ざしたままだった。

そんな中。

「新薬に使用されているザザユリが、非常に入手困難な植物だから」

ぽつりと、アメリアが言った。

「多分、そうですよね？」

同意を求めてくるアメリアに、ウィリアムは目を見開く。

「なぜ、それを……？　昨日、ザザユリについては初耳だと仰っていたような……」

「えっと、昨日と今日にかけて勉強しました……わからないことを、わからないまま放っておくのは、気になって仕方がなかったので……」

昨晩、夕食後に書庫に赴いて。

そして今朝、起きてからシルフィが来るまで。

アメリアは、ザザユリについての知識をひたすら頭に入れていた。

「……アメリア様には、驚かされてばかりですね」

感嘆の息を漏らした後、観念したようにウィリアムは説明を始めた。

「仰る通り、新薬をお渡しできない理由はザザユリの希少性にあります。そもそもザザユリは、トルーア王国内では採取できない植物……ラスハル自治区という紛争地域で、兵士たちの傷をより早く治す薬草として生み出された人工の植物です」

スラスラと、ウィリアムの口から言葉が並べられていく。

「そんなザザユリは、トルーア王国がラスハル自治区への派兵を定期的に行っている見返りから、一定量の輸入を許されていました。その一部が大学に搬入され、当時開発していた紅死病《こうしびょう》の薬に加えたところ効果が確認された、という経緯があります」

そこから、ウィリアムの言葉に曇りが差す。

「しかし、ラスハル自治区はここ数年、紛争が激化していてザザユリの輸入どころではなくなりました。自国内で培養させようにも風土や環境の違いか、なかなか成功せず……」

植物の生育は非常に複雑で、微妙な条件の違いが生育に影響を与える。

土壌の酸度や肥沃度、適切な湿度と光照射時間、気温の変動範囲などなど。

これらの中でひとつでも条件が揃《そろ》わなければ、植物はうまく育たないどころか、種子が発芽しないことすらある。

目に悔しさを滲み出しながら、ウィリアムは続ける。

「そのため、国内に存在するザザユリの量には限りがあり、生産できる新薬の数も国内の紅死病《こうしびょう》の患者数に対しては圧倒的に足りません。しかし、ライラさんのお母様と同じように紅死病《こうしびょう》の治療を待ち望んでいる人たちはたくさんいる……となると、どうなるか……」

あまり口にしたくない、社会の残酷な事実をウィリアムは口にした。

「新薬の開発も慈善事業ではなく、相当な費用がかかります。財政的な視点を重視した上の判断によって、地位が高く大金を支払える、主に有力貴族から優先的に薬を回すことになりました。そのため、現在国内に存在している紅死病《こうしびょう》の特効薬は全て契約者が決まっていて、新規の受け付けはしていない状態です。ラスハル自治区からのザザユリの輸入再開目処《めど》がそもそもいつになるか、未定のままなので……」

ウィリアムの説明を聞き、理解したライラは呆然《ぼうぜん》としていた。

「そん、な……」

がくりと、ライラが膝を折ってへたり込む。

やっと口にした言葉は、湿り気を帯びていた。

希望の光が見えたかと思いきや、再び暗澹《あんたん》とした闇に突き落とされたのだ。

その絶望感は計り知れない。

「ごめんなさい、ママ……本当に、ごめんなさい……」

ぽた、ぽた、と床に光るものが落ちる。

涙に濡《ぬ》れたライラの言葉だけが、空気を震わせていた。

シルフィもかける言葉が見つからないのか、悲痛そうな表情で押し黙っている。

応接間は、暗闇に包まれた海の底のような重苦しい空気に包まれていた。

「力になれず、本当に申し訳ございません……」

ライラのそばに膝を折り、ウィリアムが絞り出すように言う。

「なんとか代用できる植物がないか……ザザユリに依存しない製法で薬を作れないかと、私を含め研究者たちは日々、様々な植物や薬を掛け合わせて開発に当たっています。しかし、未だに同じ効果を持つ薬はできておらず……」

ぎりりと、ウィリアムは拳を握り締めた。

今目の前にいる、薬を求めている少女に何もすることができない。

研究者として、これほど悔しい事はないだろう。

——しかし、ウィリアムよりも悔しい思いをしている人物がいた。

（何よ、これ……）

どくん、どくんと、心臓が大きく脈打つ。

身体中を鈍く鎚《つち》で打たれたような感覚。

頭の奥が、じんじんと痛み始めた。

——お願い！　お母さんを助けて……!!

——フン！　くだらん、そんなことに我が家の大事な金を使うわけないだろう！

——治療にも薬にも馬鹿にならないお金がかかるの！　穀潰《ごくつぶ》しのお前たちに買い与えるなんて、本気で思っているの!?

思い出したくない声が、光景が、フラッシュバックのように蘇る。

（私のお母さんも……お金がないからって、治療をさせてもらえなかった……）

それは、ライラが平民で、大金を払える身分じゃない故に薬を手に入れられない、今の状況に似ている。

せっかく治療薬があるのに、救える命があるのに。

お金が理由で、それが叶《かな》わない。

その現実に、アメリアの腹底から燃えるような感情が湧き出てきた。

激情はあっという間に身体中を駆け巡って、アメリアに計り知れない力を与える。

「……認めない」

「アメリア様？」

キッと、アメリアは瞳に力を込めて。

「そんなの……絶対に、認めない！！！」

普段、温厚なアメリアから出たとは思えない強い言葉。

次の瞬間には、アメリアは駆け出していた。

「アメリア様!?　どこへ行かれるのですか!?」

シルフィの声も、呆然とするウィリアムとライラも置き去りにして、アメリアは応接間を飛び出した。

◇◇◇

（認めない認めない認めない！　絶対に認められるわけがない！）

その一心で、アメリアは廊下を駆けた。

普段運動なんてしないものだから足がもつれそうになる。

血が足りなくなって頭がぼーっとする。それでもアメリアは走った。

書庫に辿《たど》り着く頃には、アメリアの息は完全に上がっていた。

「はあ……はあ……」

肺が痛い、足がガクガクと震えている。

それらを振り払って、呼吸を無理やり整えてから書庫に足を踏み入れた。

ヘルンベルク家の広大な書庫の、植物の記載のある本や文献を手当たり次第に取って、机の上にドスンと積み重ねる。

ローガンが植物に関する蔵書を増やしてくれたのもあって、その数はかなりのものだった。

椅子に座る時間も惜しいと、アメリアは物凄いスピードで本を捲り始める。

「クリックスなら……ううん、多分これじゃ無理……ブリルトはどう……？　ダメ、性質がかけ離れている……」

呟きながら、書庫に常備された紙にペンを走らせるアメリア。

ウィリアムは言っていた。

ザザユリに依存しない製法で薬を作れないか、研究者たちが日々様々な植物を掛け合わせて開発に当たっていると。

自然界に存在する植物は膨大で、組み合わせは天文学的な数のパターンが存在する。

しかし違う見方をすれば、ありとあらゆるパターンを試せば、いずれは正解に辿り着く。

ザザユリに代用できる植物も、実験に実験を重ねれば発見する事ができるだろう。

しかしそれは明日かもしれないし、来月かもしれないし、一年後かもしれない。

確率で考えたら、相当な年月をかけなければならない。

それまで、ライラの母親が持つ可能性は……限りなく低いだろう。

(だったら私が……見つけてみせる……!!)

アメリアの思考スピードが一気に加速する。

ルビーレッドの美しい双眸《そうぼう》に映る無数の植物の図鑑や文献を次々に開き、目を通し、メモを取り次へ次へと進んでいく。

ページを捲る手が止まらない。頭の回転が止まらない。

メモを書き取るペンも止まらなかった。

アメリアの頭の中が数多《あまた》の植物名と性質の記述で満たされていく。

それらをもとに数えきれないほどの仮説が生み出されていき、理論と実践の間で繋《つな》がりを見つけようとする。一冊の本を読み終わると直《す》ぐに次の本へと手を伸ばす。

机上に散らばるたくさんの紙があっという間に黒くなっていく。

それぞれの紙には植物の特性や成分、それに対する効果や副作用といったことが詳細に書き記され、それぞれが繋がり合って一つの大きなパズルを作り出すように配置されていった。

ゼロだった情報が目を見張る速さで形を帯びていき、絡み合い、そして新たな概念を生み出す。

数多の研究者が取り組んでいる問題を、自分一人で解決できるのか。

普通に考えれば到底不可能な所業だ。

だが、そんなの関係なかった。

(なんとしてでも……ザザユリに代わる植物を見つけてみせる！)

それしか考えられなかった。

頭の奥でチリチリと痛みが生じる。

視界がチカチカしてきて、目に映る文字列が断続的にぼやけてしまう。

自分でもかつてないほど頭脳を酷使していることを自覚して、思わず休憩を入れそうになるも。

――ごめんなさい、ママ……本当に、ごめんなさい……。

脳裏に浮かぶライラの泣き顔。聞こえてくるライラの涙に濡れた声。

それらを思い起こし、再び自分に活を入れた。

(ライラは、十年前の私……)

無力感に打ちひしがれ、ただただ泣き叫び母を看取《みと》ることしか出来なかった、無力な自分と同じだ。ここで諦めたら一生後悔する。そんな確信があった。

(もう二度と、あんな思いは……!!)

強い信念がアメリアの思考に推進力を与え、とんでもない思考スピードを実現する。

頭を抱え、時には天井を見上げ、時には深呼吸をして。

アメリアは読んで、考え、書いて、考え考え考え続けた。

そんなアメリアを、書庫の入り口で二つの影が静かに見守っている。

「アメリア様は、一体……？」

今まで見たことのない姿の主人を見て、ライラが言葉を落とす。

「あれは……私たち研究者が、物事に没頭している時と非常に似ています」

目を細めて、ウィリアムが言う。

なんにせよ、今のアメリアに声は掛けられない。

その認識は一致しているようで、二人は固唾を呑《の》んでただただアメリアを見守るしかなかった。

どれほど経っただろうか。

時間としては十分も経っていないタイミングで、不意にアメリアの動きが止まった。

それから書き込んで真っ黒になった一枚の紙を凝視し、額に深い皺《しわ》を寄せ、忙《せわ》しなく瞬《まばた》きを繰り返す。

「そうか、これなら……」

そう呟いたかと思えば……ぽたり、ぽたりと、紙に赤い雫《しずく》が落ちた。

「アメリア様……!? 血が……!!」

ライラが叫ぶ。

アメリアの鼻から、真紅の血が滴り落ちていた。

「うーん……」

急に目を回したようにアメリアがふらつく。

力を失ったアメリアの身体が床に吸い寄せられた――瞬間、大きな影がアメリアを抱き止めた。

本来、ここにいるはずのない人物。

「大丈夫か、アメリア？」

「ローガン、様……？」

虚空をぼんやりと見つめていた目の焦点が徐々に合ってくる。

鼻血ぶーをして倒れそうになったところをローガンに抱き止められた、という事実を認識して、アメリアの頬がみるみるうちに赤くなった。

「あっ……ご、ごめんなさいっ、私ったら……!!」

「大丈夫だ、とりあえず落ち着け」

ぐしぐしと慌てて鼻を拭うアメリアに、ライラがこっそりとタオルを渡す。

ローガンはアメリアを椅子に座らせて、一旦、落ち着くための時間を作った。

出血は一時的なものらしく、しばらく鼻を押さえていたらぴたりと止まる。

その間、ウィリアムはアメリアがペンを走らせた紙を見下ろし目を見張っていた。

「落ち着いたか？」

「はい、なんとか……」

妙に頭が痛く、身体も重い気がするが、思考は冷静さを取り戻していた。

「と、とりあえず事情を説明しないとですよね」

「大丈夫だ。シルフィから、全て話は聞いている」

いつの間にかローガンのそばに控えていたシルフィが、アメリアに軽く頭を下げる。

アメリアはハッとした。

つまり、ウィリアムの授業をすっぽかして書庫で暴走していたことをローガンは知っている。

「ご、ごめんなさい、つい、我を忘れてしまって……」

「大丈夫だ。それよりも、何か分かったか？」

ローガンは、アメリアの行動の意図を察しているようだった。

「は、はい！　そのことなんですが……」

ちらりと、アメリアはウィリアムの方を見る。

ウィリアムはどこか緊張した面持ちをしていた。

アメリアは机から一枚の紙を取って、ウィリアムに見せながら尋ねた。

「スーランなら、ザザユリの代用が利きますよね？」

「スーラン……」

ハッと、ウィリアムが何かに気づいたように目を見開く。

「植物としての特性がほぼ同じで、成分も似ているスーランであれば、ザザユリを代替出来ると思います。スーランなら、その辺に生えているくらい安価な植物なので、紅死病《こうしびょう》の新薬の量産も可能だと思います。詳細はこの紙に書いたので、確認していただけると……」

「ちょ、ちょっと待ってくださいねっ……」

普段の彼の落ち着いた物腰から一転。

アメリアから紙を受け取ったウィリアムは、慌てた様子でポケットからメモ帳とペンを取り出した。アメリアが書き込んだ紙にじっと目を通しつつ、自分のメモ帳に物凄いスピードでなにやら書き込み始めた。

ぶつぶつとしきりに何かを呟き、ペン先を忙しなく走らせているウィリアム。

専門的な知識を用いて何かを思考しているのは一目瞭然。

その姿は、先ほどのアメリアと重なる部分が多かった。

不意に、ウィリアムのペンが止まる。

「なるほど、これなら……」

ウィリアムの言葉に、書庫内が緊張に包まれる。

特にライラは、祈るような顔でウィリアムの次の語を待っていた。

「確かに、スーランであれば代用可能だと思います。スーランはザザユリと同様の成分を持つだけでなく、生育速度もはるかに速く繁殖力も高いですから、量産という点でもザザユリより優れています」

「よかっ……たあ……」

アメリアの身体からストンと力が抜けた。自分が導き出した有用性が認められて嬉しい。しかし何よりも、自分の知識がきっかけでライラのお母さんの命を救えるかもしれない。そう思うと、胸がいっぱいになる思いだった。

「よくやったな、アメリア……」

ぽん、とローガンがアメリアの頭に手を乗せる。

アメリアが導き出した答えの凄さを、ローガンは理解しているようだった。

「そ、それほどでもないですよ……」

謙遜するものの、ローガンに褒められるのはやっぱり嬉しい。

思わず口がにやけてしまうのを止められないアメリアであった。

「いや、本当に驚きました……スーランは一般的に繁殖力が強く、成長スピードも速いため、通常は害草として扱われていました。我々研究者はこの特性を視野に入れず、特異な成分を含む植物を対象に研究していたのです。そのため、スーランという選択肢は完全に見落としていました……」

微《かす》かに震える声でウィリアムが続ける。

「正直、言葉を失っています。私たち研究者が頭を悩ませていた課題を、この短時間で……」

ちらりと、机の上に積み重なった本を見て言うウィリアム。

その瞳も、声色も、アメリアに対する驚愕《きょうがく》で溢れていた。

「ご、ごめんなさい！　難しいことはわからないのですが……アメリア様の言うスーランを使えば、母を救う薬が作れる、ということですか……？」

ライラが恐る恐る尋ねると、ウィリアムは力強く頷《うなず》く。

「はい。理論上では、これで紅死病《こうしびょう》の特効薬が作れるはずです。少なくとも大学に帰って、試してみる価値は大いにありそうです」

ウィリアムが言うと、ライラは口を両手で押さえた。打つ手なしという状況の中、一縷《いちる》の光のように現れた希望にライラは言葉も無くしているようで……。

「それだと、間に合わないかもしれません！」

アメリアの声が書庫に響き渡る。

その顔は切羽詰まっていて、何者かに追われているような焦りが浮かんでいた。

「試している間に、ライラのお母さんが亡くなってしまうかもしれません……!! スーラン、タコピー、そしてイルリアン……全て屋敷内で入手できる植物です。今すぐに、作るべきだと思います！」

「お気持ちはわかりますが……」

アメリアの言葉に、ウィリアムは言いづらそうに口を開く。

「調合するための道具は全て大学にあるので、今すぐ作るというのは……」

「大丈夫です」

力強く、アメリアは言った。

「私が、調合します」

◇◇◇

「屋敷の中にこんな場所が……」

アメリアの案内によって通された部屋を見回し、ウィリアムが言葉を漏らす。

「いつ見てもすごい部屋ですね……」

ライラも感嘆していた。

ここは、アメリアによって『楽園』と名付けられた部屋。

アメリアが採取する植物が多くなり自室だと手狭になった事から、ローガンが使っていない部屋の中で一番広い場所を充てがってくれたのだ。

採取した植物を区分けし保存したり、さまざまな道具を使って調合してみたりと、いわゆる研究室のような使い方をしている。

「少し見ない間に物凄い事になっているな」

ローガンはそんな感想を口にする。

「これは、植物好きとしては胸が躍る部屋ですね」

ウィリアムの言葉の通り、『楽園』は部屋全体が生命力に溢れていた。

棚には数えきれないほどの瓶が並んでおり、色とりどりの植物が保存されている。

これだけで、アメリアの植物に対する異常な愛がひしひしと感じられた。

部屋奥に設置された大きな作業机には薬草を砕いたり、混ぜたりするための調合道具が整然と置かれている。

その中には一部アメリアが実家で作ったお手製のものもあって、かなりの年季が入っていた。

自分の研究室とどこか雰囲気が似ていて、ウィリアムは妙な親近感を抱く。

植物の中にはウィリアムもあまり見ないようなものもあった。

すぐにでもまじまじと眺めたい欲求をウィリアムは抑える。

今、最も優先するべきことは、『スーラン』を使用した新薬の調合であった。

作業机に座るアメリア。

一秒でも早く薬を作らなければならないという意識が、アメリアの表情に緊張感を与えていた。

そんなアメリアに、ウィリアムは尋ねる。

「アメリア様、今更になるのですが、よろしいのですか？　私も調合を専門としているので、作業は私が行った方が……」

「お気遣いありがとうございます。ただ、この部屋は私の使いやすいように物を配置しているので、作業は私がした方がスムーズかと……」

「……わかりました。では謹んで、見守らせていただきます」

「ありがとうございます、ウィリアムさん」

深呼吸して、アメリアは始まりの言葉を口にする。

「今から、調合を開始します」

アメリアの手が動き始める。

彼女の手は素早く、迷いがなかった。

スーラン、タコピー、そしてイルリアン。

メインとなる三つの植物と、微調整のために加えられた植物や液体。

それらを、すり鉢、すりこぎ棒、小さなスプーンなど長年愛用してきたお手製の調合器具を使って、見事な技巧で砕き、混ぜ、別の形へと変えていく。

その早さは目にも留まらぬ程で、それぞれが異なる色を放つ液体がどんどん混ざり合っていく。

次々と並べられる道具、混合していく成分、新たに現れる色。

それはまるで楽譜を読むような独特のリズムを生み出していた。

ひとつひとつの行動が無駄なく流れていく。一つの調合が終われば次の調合へ。

その行動が終われば次の行動へと、驚くべきスピードで調合は進んでいった。

「なんということでしょう……」

思わず、ウィリアムは呟いていた。

今、目の前で起こっている出来事に現実感が湧かない。

それだけ、アメリアが行っている調合は常識外れだった。

（アメリア様がどのような工程で調合をしているのか、大まかな理解は出来ます……しかし、所々意図がわからない箇所もありますね……）

アメリアが調合する様子をじっと観察しながら、ウィリアムは考える。

大学の教授という立場である以上、調合周りの知識もウィリアムは豊富に持ち合わせている。それを以《もっ》てしてもわからない部分は言うまでもなく、アメリア自身が独自に編み出した手法だろう。

（調合の技術があるだけでも凄いことなのに、スピードが速く、正確性も高い……）

もはや言葉も出てこない。

今日一日で、どれだけアメリアに驚かされてきただろうか。

ちゃんとした教育機関で学んだわけでもない十七歳の少女が持つ、専門の教授に匹敵する知識量に、未解決だった問題の早期解決力。

さらには調合まで可能で、腕も一流となるとただただ脱帽するしかない。

（何はともあれ……私は今、歴史的な瞬間に立ち会っているのかもしれません……）

長い間、この国だけでなく、複数の国において猛威を振るっていた『紅死病《こうしびょう》』。

その特効薬の一番の問題点だった、『希少性』が今、取り払われようとしている。

もしアメリアが調合した新薬の有効性が認められれば、業界に激震が走ることは間違いなかった。

そう思うと、身体がぶるりと武者震いを起こす。

同時に、思い出した。

――そんなの……絶対に、認めない！！！

強い意志を伴って放たれたアメリアの言葉。

（あの時のアメリア様は……ライラさんのお母様を助けたいという一心で……）

打算などは一切感じられない、ただただ純粋で利他的な想《おも》いにウィリアムは感銘を受けていた。

あんなものを見せられては、自分に問いかけざるを得なくなる。

何故《なぜ》、自分は教授になったのか。

何故、自分は毎日植物に囲まれながら日夜、研究に明け暮れるようになったのか。

（私も……アメリア様と同じ、もっとたくさんの人を助けたいと思って……）

初心を思い出したウィリアムの拳に力が入る。

もう、居ても立ってもいられなくなった。

声をかけるのは一瞬憚られたが、アメリアに尋ねる。

「アメリア様。何か、私に手伝えることはありますか？」

ウィリアムも調合に携わり一線で活躍する研究者だ。

少しでも速さが優先される状況下においてボサっと立ちっぱなしと言うのは、もはやウィリアムの矜持《きょうじ》が許さなかった。

メインの作業はアメリアがするにしても、何か補助的な役割くらいは担いたいとウィリアムは思っていた。

「あ、ありがとうございます！　でしたら、このすり鉢に残った植物の繊維を別のカップに移してもらえますか？　それから……」

アメリアの指示を受け、ウィリアムも動き出す。

指示通り、ウィリアムは植物の繊維をカップへと移した。

その指先には細やかな力加減と、確かなテクニックが感じられる。

一目で理解できるウィリアムの調合技術の高さが表れていた。

こうして、ウィリアムはアメリアの補助として調合を進めていった。

アメリアは手を動かしながら指示を出し、ウィリアムがその指示を迅速にこなしていく。

そんな二人の息のあった調合作業を、ローガンとライラは固唾を呑んで見守っていた。

それからさほど時を要さずにうちに、アメリアの手が止まる。

大きく息を吐き出し、アメリアは言った。

「これで……出来ました」

透明に近い液体の入った小瓶が、アメリアの掌《てのひら》の上で希望の光のように輝いていた。

◇◇◇

薬が完成するや否や、アメリアとローガン、そしてウィリアムとライラは馬車に乗り込み急いで出発した。

（お願い、どうか間に合って……）

馬車に揺られながら、アメリアは祈るように手を合わせる。

胸の中にはぞわぞわと、嵐前の湿り気のようなものが広がっていた。

虫の知らせとも言うべきか。そこはかとなく、嫌な予感がしていた。

「……心配するな」

アメリアの手を、大きくて温かい手が包み込む。

「きっと、大丈夫だ」

ローガンの励ましに、アメリアの胸がほんの少しだけ軽くなる。

「ありがとうございます……きっと、間に合いますよね……」

言い聞かせるように言ったものの、胸に広がるぞわぞわは収まらない。

ライラの家に着く頃には陽《ひ》はどっぷりと落ちていた。

「パパ！」

「ライラ！」

玄関でライラの父ルカイドが出迎えてくれる。

ルカイドの顔は青ざめ、汗ばんでいた。

「ああ良かった！　ライラ、ママが……」

ライラの後ろに控える三人を見て、ルカイドが言葉を切る。

「ライラ、そちらの方達《たち》は……？」

「説明は後でするわ！　それよりもパパ！　ママがどうしたの!?」

父の様子がおかしいことに、ライラはすぐに気づいたようだった。

「あ、ああっ、大変なんだ……!!　ママがついさっき、血を吐いてしまって」

「なんですって……!?」

急いで皆は二階へと駆け上がり、セラスのいる部屋に足を踏み入れる。

「ごほっ……ごほっ……!!」

咳《せ》き込む声が響く。そこには、ベッドの上で苦悶《くもん》の表情を浮かべるセラスの姿があった。

口から血がこぼれ、枕が赤に染まっていく。

痣は広がりすぎて、もはや身体中が赤くなっていた。

「ママ……!!」

ライラはすぐにベッドの隣に駆け寄り、必死に呼びかける。

「ママ!?　大丈夫!?　しっかりして……!!」

目に涙が浮かぶのを必死にこらえ、震える手でセラスの背中をさする。

一方、ウィリアムはセラスの症状を一目見てハッと息を呑む。

「まずい！　紅死病《こうしびょう》の末期症状が出ています……!!」

その言葉に部屋が一瞬で凍りついた。

「ライラ！　早くこれをお母様に飲ませて！」

アメリアはすぐに薬が入った小瓶を取り出しライラに手渡す。

「わ、わかりました！」

ライラは受け取った小瓶をセラスに見せながら言う。

「ママ！　ほら、薬を持ってきたわ！　これを飲んだらすぐに良くなるから……」

ライラが呼びかけるも、セラスは咳き込み血をこぼし続けていた。

枕、シーツ、床へと赤が広がっていく。

それでも最後の力を振り絞るかのように、セラスはしっかりとライラを見た。

「ラ……イラ……」

苦悶の表情を、優しい母の笑顔に変えて、ライラの手を力強く握る。

「なに、ママ……!?」

ライラがセラスの耳元に顔を近づける。

セラスはライラを抱き締めるように身体を寄せ、振り絞るように言葉を紡いだ。

「あい……してる……」

にこりと、セラスは笑った。

そして愛情の満ちた言葉を最後に、セラスの全てから、ふっと力が抜けた。
静かに、あっけなく、小さな身体がベッドに横たわる。
瞳は閉じられ、薄紅色をした彼女の唇はもう、何も語らない。
ハッとしたライラが、セラスの胸に耳を当てる。
「心臓の音が……」
細い声で呟かれた声に、部屋にいる面々は表情を強《こわ》ばらせた。
「やだっ!! ママ……!! 起きて！ 息をして！ お願い！」
ライラは必死にセラスを揺さぶり、声をかけ続けた。
しかしその呼びかけにセラスが応えることなく、静かなまま。
静かな微笑《ほほえ》みを浮かべ、安らかな眠りについたようだった。
「ああ、そんな……セラス……」
ルカイドが呆然とした顔で力無く足を折る。
長年寄り添ってきた妻の最期を受け入れられない、そんな顔をしていた。
ウィリアムは悲痛そうに眉を顰《ひそ》め、ローガンは唇を嚙《か》み締め目を逸らした。
——間に合わなかった。
誰もが最悪の事態を想像した。そんな中、アメリアは動けないでいた。
残酷すぎる結末に絶望し、打ちひしがれているわけではなかった。

今まさに、命の灯火《ともしび》が消えようとしている母に縋《すが》り付くライラ。

その光景が、十年前、目の前で息を引き取った母ソフィの姿と重なって――。

――やだ……お母さんっ……起きて……目を覚まして……！

ばくんっと、アメリアの心臓が跳ねた。

「ライラ、貸して！」

気がつくと身体が動いていた。

ライラから小瓶を奪い取り、栓を開ける。

それからもう一つ、懐から琥珀色《こはくいろ》の液体が入った小瓶を取り出した。

――以前、剣の訓練をこなしたローガンとリオに飲ませた薬だった。

「アメリア様、何を……！」

ウィリアムの声も構わず、アメリアは二つの薬を口に含み、セラスの口に直接流し込んだ。

ようは、口移しをした。

「「「!?」」」

アメリアの行動に、部屋にいた全員が呆気《あっけ》に取られる。

こく、こく……と、セラスの小さな喉が波打つ。

しっかりと、二つの薬がセラスの身体に染み渡っていった。

変化は、すぐに現れた。

「────っ」

セラスが、びくんと身体を震わせた。

それから高鳴る心臓を宥《なだ》めるように胸を押さえる。

「けほっ、けほっ……!!」

「ママ！」

咳の反動で上半身を起こしたセラスを、ライラが抱き留めた。

完全に生気を失っていた命に、再び光が宿ったようだった。

変化はそれだけではなかった。

「痣が……」

驚愕に満ちたウィリアムの声が溢れる。

まるで潮が沖に引いていくように、セラスの身体からみるみるうちに、痣が消えていった。

それは、アメリアが作った新薬が有効だったことを示す何よりの証拠だった。

今まで閉じられていた目が、静かに開く。

「ライ、ラ……？」

もう二度と聞くことのないと思われた声が、響く。

死者のようだった顔立ちには血色が戻っていた。

瞳にも、声にも、確かな生命力が宿っている。

「ママ……」

ライラの表情に、安堵が広がっていく。

それは溢れんばかりの喜びとなってライラを動かした。

「よかっだ……!! ママ……!! 本当に良かった！」

セラスに抱き着き、ライラは人目も憚らずわあっと泣き始めた。

セラス自身、一体何が起こったのか理解ができていないようで、目をぱちぱちと瞬かせている。

しかしすぐ、母の本能を思い起こしたかのように、咽《むせ》び泣く娘の背中を優しく撫《な》でた。

瞬間、セラスの目尻に一粒の涙が浮かぶ。

娘の体温を、匂いを確かに感じ取って、自分は助かったのだと、これからも娘と一緒にいられるのだと自覚したようで。

ゆっくりと、ライラの肩に顔を埋《うず》め、堪《こら》えきれないように目を瞑《つぶ》る。

瞼《まぶた》の間から、幾重もの雫が弾けて光った。そんな二人のそばに、ルカイドがやってくる。

目を赤くしたセラスが、ルカイドを見上げた。

「セラス……」

「あなた……」

二人の間に、言葉は必要なかった。

ルカイドもベッドに腰掛け、セラスの身体に腕を回す。

まるで、セラスの存在を確かめるように。抱き合い、家族の生還を喜び合う三人を邪魔しないよう距離をとって、アメリアはほっと胸を撫で下ろす。

その途端、頭にぽんと温かい感触。

「よく、やったな……」

その表情には喜びや安堵といったものとは他に、アメリアに対する尊敬の念も浮かんでいた。

「間一髪、でした……」

あとほんの少し調合が遅かったら、手遅れだったかもしれない。

そう思うと、手放しで喜ぶ気持ちにはなれなかった。

しかし結果的に、ライラの母は助かった。

今はその事実を嚙み締めようと、アメリアは思……。

「むぐっ……」

思考が、突如として口に当てられたハンカチによって遮られる。

「ロ、ローガン様!?」

「血がついていた」

そう言って、ローガンがハンカチをアメリアに見せる。

先程、セラスに口移しで薬を飲ませた際についたものだろう。

「あ、ありがとうございます……ふふっ……」

「どうした？」

「いえ……そう言えば、初めてローガン様にお会いした時も、同じようなことがあったなって、思い出してしまいました」

ヘルンベルク家にやってきて、ローガンと初顔合わせをした際のこと。

アメリアが手を滑らせて紅茶を溢《こぼ》した時、ローガンは躊躇《ちゅうちょ》なく自分のハンカチで拭いてくれた。

こういった、ローガンの細やかな心遣いを見るたびに、この方と婚約出来て良かったという思いが湧いてくる。

しかし一方で、ローガンはどこか微妙そうに顔を顰《しか》め小さく呟く。

「……初めてでは、無いんだがな」

「え？」

「なんでもない」

ローガンが何を呟いたのか聞き取れず、アメリアは首を傾げるのであった。

二人がそんなやりとりをしている中。

「信じられません……神の奇跡を見ているようですよ……」

一連の流れを見ていたウィリアムが、もはや笑いしか出ないとばかりに呟く。

「アメリア様、先ほどの薬は……？」

ウィリアムが尋ねる。

先ほどアメリアが口に含んだ、琥珀色の薬を指しているのだろう。

「あれは、気付け薬のようなものです。疲労回復、滋養強壮、血の巡りを良くする効能……そして……求心作用。ようは心臓に直接作用して、機能を覚醒させる効能を持っています。お母様の心臓が弱りきり、一刻を争う事態だったので、一《いち》か八《ばち》かで混ぜ合わせました」

「以前、俺に飲ませてくれた薬か。確かにあれを飲んだ日は一日、異様に調子が良かったな……」

アメリアの説明と、ローガンの補足に、ウィリアムは頷く。

「なるほど。それで……」

おそらく、その薬が心臓に直接作用し、一度は止まったセラスの心臓を再び動かしたのだろう。

加えて身体全体の血行が良くなり、アメリアの作った紅死病《こうしびょう》の薬も迅速に行き渡った。

それがセラスの奇跡の生還を可能にしたのだと、ウィリアムは考えた。

「妻を救ってくださって、ありがとうございました」

ルカイドがアメリアのそばにやってきて、深々と頭を下げた。

これ以上、下げることが出来ないほど深く、深く。

限りなく尽きせぬ感謝の意がひしひしと感じられる。

「本当に、どれだけの礼をしたらいいか……」

「い、いえ……礼なんて、そんな……」

「アメリア様！」

涙で目を腫らしたライラがそばにやってきて、同じように勢いよく頭を下げる。

「ママの命を救ってくれて、ありがとうございました！」

心の底からの、感謝の籠った言葉。

「本当に、本当に……ありがとうっ……ございました……!!」

溢れんばかりのライラの笑顔を見て。

かつて、ソフィがアメリアに託した想いが蘇る。

——将来、アメリアのことを大事にしてくれる人が現れたら……その時は、たくさん魔法を使ってあげて。

じん、と頭の奥が痺《しび》れるような感覚。

自分の手で作った薬で、見事生還を果たしたセラス。その生還を心から喜ぶライラ。

言葉に出来ないさまざまな感情が、溢れてくる。

「お母さん……」

掠《かす》れた声。

「これで、良かったよね……？」

その声は、涙に濡れていた。

「アメリア様……？」

困惑するライラの顔が滲む。

「あ、れ……？」

目尻に手を当てると、湿った感触が返ってくる。

じんわりと、瞼の奥が熱を帯びる。

止めることの出来ない激情が心の芯から湧き上がってきた。

両手で顔を覆い、アメリアは崩れ落ちた。

「アメリア様……!?」

ライラの悲鳴が弾ける。

ローガンは慌ててアメリアのそばに屈《かが》み込み、尋ねた。

「アメリア、どうした？　大丈夫か？」

「わかりません……わからないんです……!!」

指の隙間から涙を滲ませながらアメリアは頭を振る。

自分が何故泣いているのか、アメリア自身よくわかっていなかった。

ライラのお母さんが助かって良かった、それは紛れもない本心だ。

一方で、ライラの母親を助けられたことによって、十年前、ソフィを助けられなかったあの絶望が、悔しさが昇華されたような気がした。

幼く、無力で、母が冷たくなるのをただ見ることしか出来なかったあの日の自分が救われたような気がして、それが、何よりも嬉しかった。

自覚した途端、感情の奔流は勢いを増した。

「本当にごめんなさい……ごめんなさい……う……うあ……ううううあぁ……あうあああああああっ…………!!」

不意に、身体を温かく、力強い感触が包み込む。

ただ泣きじゃくるばかりのアメリアを、ローガンは何も言わずそっと抱き締めた。

その優しさがアメリアの涙腺をさらに緩ませる。ぽたぽたぽたぽたと床に雫が落ちていく。

ローガンに抱き締められたまま、アメリアは声をあげて泣き続けた。

第五章　後処理と、ご褒美と

「落ち着いたか？」

「はい、なんとか……」

揺れる馬車の中。ローガンの隣に座るアメリアが、鼻をすんすん啜《すす》りながら言う。

「驚きましたよ。アメリア様のあんな姿、初めて見ました」

「うう……お見苦しいところを見せてしまい、お恥ずかしい限りです……」

対面に座るウィリアムにも言われて、アメリアは今すぐに座席の下に隠れたい気持ちになった。

（最近、泣いてばかりだな、私……）

特に母のことが絡むと、一気に感情が込み上げてしまう。

我慢しよう、我慢しようと思っても涙が溢《あふ》れてしまう。

ヘルンベルク家に来てから、自分の涙腺が緩くなっていることを嫌でも実感していた。

「でも、良かったじゃないか」

一瞬、言葉の意図を測りかねて、ローガンを見上げるアメリア。

「ちゃんと、泣けるようになったんだな」

「……はい、お陰様で」

実家にいた時は泣くことを我慢して、無理やり平静を保っていた。感情を抑えつけ、辛《つら》いことも、悲しいことも、感じないフリをすることで自分を守っていた。

最近はその必要もなくなって、自分の感情を素直に出すことができている。

涙となって溢れるようになったのだろう。

そう考えると、良い変化なのかもしれない。

「それにしても、ライラはアメリアに、大きな恩が出来てしまったな」

ローガンの言葉に、アメリアは思い起こす。

アメリアが泣き止《や》んだあと、ライラを家に残し、一向はヘルンベルク家へと戻る流れとなった。

新薬によって紅死病《こうしびょう》の症状は落ち着いたため、もうアメリアたちにやることはない。

加えて、ライラたちに家族の時間をゆっくりと取ってほしいというローガンの配慮も大きかった。

『本当にありがとうございました、アメリア様！　この御恩は、一生かけて返します……!!』

帰りがけ、ライラは何度も何度もアメリアに頭を下げてそう言った。

母の命を救ってくれた張本人なのだ、アメリアに対するライラの感謝は計り知れない。

「私としては、何か恩を返してほしいという気持ちはないんですけどね……」

「相変わらず、無欲だな」

「ライラが悲しい顔をしなくて済むなら、それで良いといいますか」

アメリアが言うと、ローガンは愛《いと》おしそうに目を細める。

「本当に、優しいんだな」

「そう、なんでしょうかね……？」

いまいち実感が湧かない、といった顔をするアメリア。

頃合いを見て、ウィリアムが言葉をかける。

「僭越《せんえつ》ながら、アメリア様にお聞きしたいことがあるのですが、よろしいでしょうか？」

「は、はい！　私に答えられることなら……」

心なしか態度がうやうやしくなっているウィリアムに、アメリアはしゃきんと背筋を伸ばす。

「なぜ、ザザユリに代用できる植物を導き出せたんですか？」

それはウィリアムがずっと疑問に思っていたことだった。

「新薬の開発といった、今までにないものを作り出す場面においては、先に仮説を立てて、その仮説を逆算、検証し、正解かどうかを導き出す手法が主流です。今回、アメリア様は数えきれないほどある植物の中から、ザザユリに代用できる植物はスーランである、という仮説を立てたのだと推測していますが、その仮説を立てることの出来た理由が知りたいのです」

「えっと…………」

アメリアは押し黙った。

ローガンもウィリアムも、固唾を呑《の》んで次の言葉を待つ。

それからじっくり時間をかけてから、小さな口を開く。

「なんとなく、ですかね……？」

……。

………。

……………。

ガラガラと、馬車の車輪が回る音だけが車内に響く。

「ライラのお母様を救いたい、その一心で、たくさんの植物の情報を読んで、考えてたら……頭の中がピカピカッとなったと言いますか……」

「ピカピカッ……ですか？」

「はい。元からあった植物の知識と、新しく本を読んで取り入れた知識、それらを繋《つな》ぎ合わせたら、ピカッと光る感じがあるというか……これだ！って、なるんですよね……逆にしっくりこないと気持ち悪いというか……」

困ったように眉を曲げて、アメリアはおろおろと視線を彷徨《さまよ》わせる。

「うう……うまく言葉に出来なくて申し訳ないです」

「いえいえ……お気になさらず。それにしても、ピカピカッ、ですか……」

アメリアのふんわりとした回答に、ウィリアムは真剣な表情をして黙考する。

「感覚とは、意識の範囲が及ばない複雑な論理に過ぎない……」

アメリアとローガンを見やって、ウィリアムは言う。

「その昔、テルラニアの数学者にヌージャンという男がいました。彼は数学に関して非常に特異な才能を持った人物で、数学者たちが何百年も頭を悩ませている未解決の数学問題に対して、一瞬で答えを見つけ出してしまうという、とんでもない天才でした」

真剣な表情で、ウィリアムは続ける。

「ヌージャンの特異な点としては、その答えの導き出し方にあります。なぜその答えを導き出したのか、理由を聞いても、彼は『神様が教えてくださった』とだけ言って、論理的な過程を口にすることはほとんどなかったと言います」

「そ、それは凄《すご》いですね……」

「はい。まさしく、先ほどのアメリア様の言葉に通じるものがあります」

自覚症状皆無で目を瞬かせるアメリアに、ウィリアムは続ける。

「当初は数学者たちも『そんな馬鹿な』と、彼が口にする答えを信用しなかったのですが、実際にその答えを基に途中式を組み上げると正解している……まさしく、天才でした」

尊敬と、どこか崇拝するような瞳をアメリアに向け、ウィリアムは言う。

「アメリア様も、ヌージャンと同じ素養を持っているのかもしれませんね」

「そんな、買い被《かぶ》り過ぎですよ……」

「買い被りではありません」

真剣な眼差《まなざ》しをアメリアに向けて、ウィリアムは言う。

「当初、私がアメリア様に正しい知識を教えるという話でしたが、とんでもございません。むしろ私の方こそ、アメリア様からたくさんのことを学ばせていただきたい。それほどの素養と知識を、アメリア様は持ち合わせています。カイド大学教授、ウィリアムの名にかけて、保証します」

ウィリアムの言葉にアメリアは腕を組んでうーんと唸《うな》る。

「やはりまだ、ピンと来てはいないのですが……ウィリアムさんにそう言っていただけるのは、とても嬉《うれ》しいです」

褒められて照れ臭そうにするアメリアに、ウィリアムが手を差し出す。

「家庭教師としては力不足かもしれませんが……これからも、よろしくお願いします、アメリア様」

「はい！　こちらこそ、どうぞよろしくお願いします、ウィリアムさん」

ウィリアムの手を取って、アメリアは勢いよく頷《うなず》くのであった。

◇◇◇

屋敷に着いてから、ローガンは一旦仕事に戻った。

今日は途中で仕事を切り上げて合流したため、その分を取り返さなければならない、ということだった。

その後、アメリアは『楽園』に戻って、ウィリアムに一枚の紙を渡した。

「これは、紅死病《こうしびょう》の……」

「はい！　新薬のレシピです。走り書きですが、その手順で作れると思います」

「……良いのですか？」

「と、いいますと？」

「私がこれを基に新薬を作って、開発者は私ですと言い張るかもしれませんよ？」

「そ、その発想はなかったです……!!」

愕然《がくぜん》とするアメリアに、ウィリアムは嘆息して言う。

「私に限ってそんなことはしませんが……もう少し、自分の作ったものの価値を正確に把握した方が良いかもしれませんね」

「うう……申し訳ございません……」

「謝るようなことではありませんが……」

しょんぼりするアメリアを見るに、本当にその可能性に行き当たらなかったのだろう。

胸に、骨がつっかえたような違和感をウィリアムは覚えた。

「なんにせよ、お譲りいただけると言うのでしたら、ありがたく頂きますが……」

「はい、どうぞ！　私よりウィリアムさんが持っていた方が、正しい使い方が出来ると思うので」

屈託のない笑みを浮かべて言うアメリアに、ウィリアムは小さく呟《つぶや》く。

「……本当に、不思議なお方だ」

「えっ？」

「いいえ、何も。では、今日は大学に戻ります。早速、このレシピ通りに薬を作らなければ……」

「い、今から作るのですか!?」

アメリアはギョッとする。

もうどっぷり夜は更けていて、普段ならそろそろ寝る時間であった。

「ええ、もちろん！　ザザユリに代わる汎用植物を使用した、紅死病《こうしびょう》の特効薬なんですよ!?　この薬を待っている人がたくさんいる……そう思うと、早く解析に移りたくて仕方ありません」

興奮した様子で言うウィリアムを見て、アメリアは「流石《さすが》ですね……」と感嘆の言葉を漏らす。

「アメリア様には敵《かな》いませんよ。ひとまず、この薬の今後については次回、訪問させていただいた際に説明出来ればと思います。重ね重ねになりますが、今日はありがとうございました」

その言葉を最後に、ウィリアムは大学に戻っていった。

ウィリアムは最後まで、アメリアに尊敬の眼差しを向けたままであった。

◇◇◇

ウィリアムと別れてから、アメリアはローガンの執務室へ向かう。

「ローガン様、失礼します」

机に座り、ローガンは物凄いスピードで書類仕事をしていた。

アメリアを見るなり、ローガンはペンを止める。

「ウィリアム氏は帰宅されたか」

「はい、先ほど」

「応対を任せてしまって、すまないな」

「いえいえ、お気になさらず！　それより、お仕事はもう大丈夫なのですか？」

書類を纏《まと》め始めるローガンにアメリアが尋ねる。

「ああ、今日はこれで終わりにする」

そう言ってローガンはこちらに向かってくる。

「とりあえず、座ろうか」

「はい」

ローガンに促され、アメリアはソファに向かおうと……。

「はふ……」

不意にふらついたアメリアの身体《からだ》を、ローガンが抱き止めた。

「大丈夫か？」

「す、すみません……なんだか急に、力が抜けてしまって……」

「無理もない。たくさん、頑張ったからな」

ローガンの言葉に、アメリアはこくりと頷く。

今更ながら気づいたが、頭が重く、身体も鉛が乗っかっているような疲労感に包まれていた。

紅死病《こうしびょう》の新たな特効薬を作るにあたり、書庫で多くの書物を読み漁《あさ》り、頭をフルに回転させた。

あの時、途方もないエネルギーを消費した。

鼻からの出血も、頭の使い過ぎが原因だったのだろう。

優しくソファに座らせて貰《もら》ってから、アメリアは口を開く。

「ローガン様、ありがとうございました」

「それは、何に対する礼だ？」

「最近、ローガン様が植物に関する本をたくさん購入してくれたおかげで、ザザユリの代用に、スーランが使えることがわかりました」

スーランを導き出すにあたっては、既存の知識だけでは限界があった。

ローガンがアメリアのために、植物に関する大量の本を書庫に仕入れてくれたことが、今回の発見に繋がったのは間違いない。

「ああ、そんなことか」

偉ぶる素振りを一切見せることのないローガン。

「俺のしたことなんて、大したことない」

真剣な表情をアメリアに向けて、ローガンは言う。

「アメリアは自分の知恵を使って人の命を救った。それだけではない。今後、アメリアの作った新薬で、紅死病《こうしびょう》で苦しんでいる多くの人々を救うことになるだろう。その方が何倍も何百倍も凄いことだ。尊敬に値する」

「待って、待ってください」

両手を顔の前で広げる、ストップのジェスチャーをしてアメリアは言う。

「そんな、急に褒められたら、私……」

ほんのり恥じらいを浮かべ、声を揺らすアメリアを見て、ローガンは息の詰まったような顔をした。大きく深呼吸し、心を落ち着かせてからローガンは言う。

「なんにせよ、アメリアにはご褒美をあげないとな」

「ごほうび……？」

「これだけ頑張ったんだ。何か報酬があったほうが良いだろう。何か欲しいものはあるか？」

「えっと……」

急に言われても、基本物欲のないアメリアは何も浮かばない。

「なんでもいいんだぞ？　金でも、宝石でも、入手困難な植物の本でも……」

「入手困難な植物の本……!!　それはとってもとっても、とーっても魅力的ですが……」

でも、それよりも、腕の中に収めたいものがあるという直感があった。

（今、私が一番欲しいもの……）

ぼんやりとした頭で考えていると、その心当たりに行き着いた。

途端に、身体の温度が一気に上昇する。

それでも、アメリアは浮かんだ言葉をそのまま空気に乗せた。

「また、抱き締めて……欲しいです……」

朱色の顔をして言うアメリアに、ローガンは目を丸くする。

「そんなもので良いのか？」

「私にとっては、それが今一番、欲しいものなんです……」

言葉にすると余計に恥ずかしくなって、頬の赤が一層深みを増した。

「……そうか」

ローガンの行動は早かった。

——ふわりと、甘い香り。

そして、唇に柔らかい感触。

「——!?」

ローガンに唇を奪われた、と気づいた時には、息遣いが聞こえる距離に整った顔立ちがあった。

しかしそれは一瞬だった。

二回ほど瞬《まばた》きをする間に、ローガンはアメリアの口を解放する。

「……物欲しそうな顔をしていたから」

金魚みたいに口をぱくぱくさせるアメリアに、ローガンが短く言う。

心なしか、ローガンの頬にも赤みが差していた。

「……やっぱり、ローガン様はずるいです」

ぷしゅーと頭から湯気を上げ、顔を伏せるアメリア。

ローガンの方も勢いだったのか、次の言葉を探し損ねているようだった。

しばしの無言の後。

「あの……ローガン様」

「……なんだ?」

「さっきのは一瞬過ぎてよくわからなかったので……もう一回、お願いしたいです」

もうどうにでもなれと、アメリアはおかわりをねだってしまう。

恥ずかしいとか、そういう理性は呆気《あっけ》なく吹き飛んでいた。

ただただ、あの甘美で身体が蕩《とろ》けてしまいそうな多幸感を味わいたい……そんな欲求に突き動かされていた。

「……ご褒美は、ご褒美だからな」

低く、落ち着いたローガンの声にすら、心臓が跳ねてしまう。

強く、温かな手が頬に触れ、柔らかく引き寄せられた。

再び訪れる、柔らかい感触。

最初の触れるようなキスとは違って、今度はゆっくりと、語りかけるような口付け。それは、ローガンがアメリアをどれだけ大切に思っているのかを、心の深いところで教えてくれた。

自然と、アメリアは目を閉じた。

聞こえてくる自分以外の息遣い、頬に触れる温かい感触、とくとくと音を刻む鼓動の音。

その全てを、ずっと感じていたい。

胸の底から、アメリアはそう思った。

しかし、幸せな時間は永遠には続かない。

続かないからこそ、この一瞬が最上の幸せとなるのだ。

どこか名残惜しそうに、ゆっくりと、唇が離れる。

「ローガン様……」

アメリアが、ぽーっとした目をローガンに向ける。

「あいしてます」

湿り気を帯びた唇が、心の全てを言葉にする。

「俺もだ、アメリア」

思わずハッとするような、真剣な眼差しをアメリアに向けて、ローガンは言葉を紡ぐ。

「愛している」

お互いの想《おも》いの証明は、その言葉だけで十分だった。

幸せそうに笑みを溢《こぼ》して、ローガンに身を寄せるアメリア。

そんなアメリアの肩を、大切な宝物を扱うかのようにローガンは抱いた。

しばらくの間、そのまま二人は身を寄せ合っていた。

◇◇◇

深夜、王立カイド大学のウィリアムの研究室。

「出来た……」

小瓶に入った液体を見て、ウィリアムは言葉を漏らす。

アメリアから貰ったレシピをもとに調合した、紅死病《こうしびょう》の新薬だ。

色も、匂いも、今日アメリアが作ったものと同じもの。

あとは実際に紅死病《こうしびょう》の患者に飲んでもらって、効果を測定するだけである。

「こんなに簡単に作れるとは……大量生産が出来る日も、そう遠くなさそうですね」

ウィリアムの言葉の通りアメリアの考案したレシピでは、国内では採取できないザザユリに代わって、スーランで薬を作ることができる。

スーランは道端を歩いていても目にする植物なので、材料不足に悩まされることはないだろう。

「まだ、夢を見ているような気分ですね……」

長年、自分を含め何人もの研究者が解決に取り組んでいた難問を、研究者でもない十七歳の少女がたった一日のうちに解決してしまった。自分では足元にも及ばない圧倒的な才を目にした高揚感で、油断したら手が震えそうになる。

そんなウィリアムの研究室に、ゴンゴンッと重い音が響く。

息をつき、ウィリアムは椅子ごと音を出した主に身体を向けた。

「斧《おの》でノックしろとは言いましたが、本当にする人がいますか？」

「しないような常人が研究者なんざなるわけねえだろ？」

ウィリアムの視線の先で、リードが斧を手にニヤニヤ笑っていた。

「俺も、無理はするなと言ったはずなんだがな。今日も朝まで徹夜か？」

「私の仕事が朝までかかるのであれば、朝までやる。ただそれだけです」

「お前、その生活してると長生きしないぞ……？」

心配を含んだ声で言いつつ、リードが椅子に座って尋ねる。

「そういえば、今日もヘルンベルク家に行ってたそうだな。何か収穫はあったか？」

「収穫……」

収穫どころか、業界を揺るがす出来事があった。

その経緯を口にしようとし……寸前で、ウィリアムは飲み込む。

「まあ、ぼちぼちですかね……」

そう言いながらウィリアムは、先ほど完成した新薬を後ろ手に隠した。

「おっ、そうか。まあ、貴族の令嬢にしちゃ、悪くはなかったと評価を受けるだけでも御の字だな」

何も知らないリードが呑気《のんき》にそんなことを言っている。

一方で、ウィリアムの頭の中ではパズルが組み合わさるような感覚が生じた。

「そうか、そういうことですか……」

合点がいった。

昨日から抱いていた、アメリアに対する違和感の正体。

「どうした？」

リードの言葉には答えず、ウィリアムは思い出す。

——新薬のレシピです。走り書きですが、その手順で作れると思います。

——……良いのですか？

——と、いいますと？

——私がこれを基に新薬を作って、開発者は私ですと言い張るかもしれませんよ？

——そ、その発想はなかったです……!!

（あの時、アメリア様は私を全面的に信用していた……）

昨日、初めて会った人間に、業界を揺るがすような薬のレシピをサラッと渡してしまう無防備さ。

（アメリア様は、純粋過ぎるんですね）

よく言えば、人懐っこい。

悪く言えば、すぐ人を信用してしまって警戒心がない。

（それは、この世界において諸刃《もろは》の剣《つるぎ》となる可能性が高い……）

商品の世界と切っても切り離せないのが、『金』だ。

薬学の分野も漏れなく、利権の世界と密接に繋がっている。

この世界は多くの人々の思惑や欲求で複雑に絡み合い、そこら中に悪意が散らばっているのだ。

そんな中、自分の発明した薬の重要性を認識せず、ほいほいとレシピを手渡すような真似《まね》をしているとどうなるか。

（アメリア様を手中に収めようと、碌《ろく》でもない連中が、碌でもないことを考えるに違いありませんね……）

想像に容易《たやす》いことだった。

今回の紅死病《こうしびょう》の新薬だって、どのような形で発表をするのか、アメリアと話し合ってしっかりと考えていかなければならない。

研究者でも薬学界の権威でもない、十七歳の少女が開発したなんて発表をなんの根回しも無くしようものなら大混乱になることは目に見えていた。

「おーい、ウィリアム。おーい」

考え込むウィリアムの前でリードが手を振るも、反応はない。

リードは「だめだこりゃ」とばかりに肩を竦《すく》め、静かに部屋を出ていった。

何か新しい閃《ひらめ》きが降りてきて考えに没頭し始めたのだろうと、リードは判断した。

しかしウィリアムの頭の中は、アメリアの今後についてどうしていくかでいっぱいだった。

「アメリア様が学ぶべきは学問ではなく……社会常識や処世術といったものかもしれませんね」

ウィリアムの呟きが、ぽつりと落ちた。

◇◇◇

ライラの一件から、一週間ほど経《た》ったある日。

「ふうっ、今日も大量大量！」

昼下がりの裏庭で、アメリアは雑草採集に励んでいる。

お馴染《なじ》みのバスケットには雑草たちがこんもりと盛られていて、今日の成果が一目で見てとれた。

「アメリア様、そろそろ休憩いたしましょう」

雑草採集の間、近くで控えていたシルフィがやって来て言う。

「そうね。ちょうどそろそろ喉が渇いてきたし、休みを入れようかしら」

「かしこまりました。では、紅茶を用意して参りますね」

「ありがとう、シルフィ」

ぺこりと一礼して、シルフィが紅茶を取りに行く。

「さて、と……」

シルフィが戻ってくる僅かな時間も無駄にしてはならない。

再び、アメリアは雑草採集に戻ろうとした時。

「アメリア様〜！」

「ライラ！」

ひょっこりと、ライラが姿を現してアメリアの方に駆けてきた。

表情は明るく、今すぐアメリアに抱きつかんばかりの勢いだ。

「もう仕事に復帰したの？」

「はい！　昨日からまた、働かせていただいてます！　昨日はシルフィのお説教で大変でしたよ〜」

「お説教？」

アメリアが聞き返すと、ライラは苦笑を浮かべながら言う。

「はい。一介の侍女である私が、アメリア様とウィリアム様の授業に割って入った件、流石にお咎《とが》めなしとは行かないので……シルフィのありがたいお説教を一日中聞いていました」

頬を掻《か》きながら言うライラだったが、その表情に曇りはなく、むしろ清々《すがすが》しそうだった。

「な、なるほど。お説教だけで済んで良かったわね」

アメリアの言葉に、こくこくこく！っとライラは頷く。

通常なら休職、下手したら退職になってもおかしくない行為がお説教で済んだあたり、何かしらの温情があったのだろう。

それはさておき、ずっと気になっていたことをアメリアは尋ねる。

「お母様は、元気？」

「はい！　お陰様で！　あれからすぐに体調も良くなって、今日もお店に立っています」

言った後、ライラは勢いよく頭を下げた。

「改めてアメリア様、先日はありがとうございました！　これ、本当に大したものではなく申し訳ないのですが……」

そう言ってライラは、綺麗《きれい》にラッピングされた紙袋をアメリアに差し出す。

「これは……」

「私と母で作ったクッキーです！　お口に合うかわかりませんが……」

「そ、そんなっ、気を遣わなくてもいいのに……」

人から感謝をされることに未《いま》だ慣れていないアメリアは尻込みしてしまう。

「何を仰《おっしゃ》るのですかアメリア様！」

ライラが声を張った。

「アメリア様は、私の母の命を救ってくれた大恩人です！　ただ感謝の言葉を贈るだけでは、私たち家族の気が済みません！　むしろ、これくらいしかお贈りするものがないのが歯痒《はがゆ》いくらいです……なのでどうか、受け取ってください」

ライラの熱の籠った声を聞いて断れるわけがなかった。

ここで、ライラの気持ちを拒否するわけにはいかない。

半ば押し切られるような形で、アメリアは紙袋を受け取る。

「それじゃあ……ありがたくいただくわね。甘いものは大好きだから、とっても嬉しいわ」

実家にいた頃は甘いものなどほとんど食べさせて貰えなかった。

なので、ヘルンベルク家ではティータイムのお供で当然のように出るクッキーやケーキに、アメリアはすっかり虜《とりこ》になってしまっていた。

アメリアの言葉に、ライラがぱあっと表情を明るくする。

「良かったです！　また、作ったら持ってきますね。それと……」

ライラはもう一つ、アメリアへの贈り物を用意していた。

「これも、受け取ってください！」

「わあ……」

それは、深いオレンジやピンク、赤といった鮮やかな色合いの花だった。

殺風景な部屋もこの花を飾るだけで一気に明るくなるような存在感を放っている。

「カーベラね。とても、綺麗だわ」

「うちでも人気のお花なんですよ。今年も綺麗に咲いてくれて、よかったです」

そう言ってから、ライラは尋ねる。

「アメリア様、カーベラの花言葉は？」

「えっと、感謝……？」

間髪を容《い》れずに答えたアメリアに、ライラはニッと笑って。

「アメリア様、本当に、ありがとうございました!!」

輝く太陽に負けないライラの笑顔を見て、アメリアは思う。

（私の知識が、誰かの助けになった……）

ライラの母親を救うべく、紅死病《こうしびょう》の新薬を作っているときは無我夢中で実感が無かった。

しかしこうしてライラからの感謝の言葉を聞くと、確かな実感が湧いてくる。

心と身体が、震えるほどの嬉しさを感じていた。

そんな風にアメリアが喜びを噛《か》み締めていると、スッと第三者の影がやってくる。

「ライラ」

「げっ、シルフィ」

紅茶をお盆に載せて戻ってきたシルフィを見て、ライラがギクッと肩を震わせる。

「今のアメリア様の担当は、誰かしら？」

「シ、シルフィです……」

「今日も一日、お説教会を開きたいようね」

「十分反省した！　反省したから！　ただ、アメリア様にどうしてもお礼が言いたくて……!!」

あたふたと弁明するライラに、シルフィは呆《あき》れたように息をつく。

「今回は、アメリア様への事後報告という名目で目を瞑《つぶ》るわ。ただ昨日も言ったけど、私たち使用人は規律を最も重んじなければならない立場なの。それを常々理解しておくこ……」

「やった！　シルフィ、大好き！」

「ちょっと、抱き付かないで。紅茶が溢れるわ」

普段は敬語で表情を崩さないシルフィの砕けた様子に、アメリアは思わず「ふふっ」と口に手を当てて笑みを溢す。

「アメリア様も、笑っている場合じゃないですよ。今後は自分の感情に駆られて、突然部屋を出ていくような真似は慎んでくださいね」

「うっ……気をつけます……」

ちくりと刺されて、アメリアの背筋がピンと伸びた。

シルフィの言う通り、先日部屋を飛び出し書庫に駆け込んだのは、淑女としてはあるまじき振る舞いだ。

どんな時でも、冷静に、落ち着いて行動しなければならない。

どうも感情に振り回されやすいアメリアの、ヘルンベルク家に来てからの一番の課題であった。

「結果としては良い方向に転がりましたが、公爵家の夫人となる身として、そろそろ周りからの見え方にご留意くださいね。来週には、お茶会も控えていることですし……」

「お茶会……」

シルフィの言葉で、頭の中でバチバチチッと何かが光った。

ここ最近、バタバタしていてすっかり抜け落ちていたイベント。

「あっ……!!」

アメリアは、思い出す。

エドモンド公爵家のお茶会が、来週に迫っていることに。

エピローグ

ハグル家、とある一室。

エリンの自室はピンクと白を基調にした装飾が施され、これでもかと贅沢《ぜいたく》にあしらわれていた。

壁に刻まれた花々のモチーフ、天井には薔薇《ばら》の花びらが降り注ぐようなシャンデリア、ベッドには数えきれないほどのぬいぐるみ。

すべてエリンのわがままの賜物《たまもの》であったが、クローゼットだけは二度と見たくないとばかりに固く閉ざされていた。

「こちら、エドモンド公爵家のお茶会の参加者リストになります……」

テーブルでアフタヌーンティーを楽しんでいたエリンに、使用人が声を震わせながら、一枚の紙を渡す。

声からは緊張と恐怖が滲《にじ》み出ていて、手元は微《かす》かに震えていた。

エリンは礼も口にせず、ひったくるように紙を受け取った。

それから、名簿に記載された名前を品定めするように見つめる。

「へえ……結構な有力が来るのね」

エリンの表情に打算の色が灯《とも》った。

中堅貴族の令嬢であるエリンにとって、お茶会という場は将来の結婚相手を見つけるための重要な場。

どのような身分の、誰が参加者として来るのかはしっかりと把握しておかなければならない。

さながら、エリンの目は狩りに勤む肉食獣のよう。

そんな中ふと、エリンの視線が止まった。

父と同じグリーンサファイアの瞳が僅かに見開かれる。

「へえ、暴虐公爵も参加するんだあ」

エリンの口から漏れたのは、見下すような、馬鹿にするような声。

「久しぶりに会えるわね、お姉様」

ニヤリと、エリンの口元が歪《ゆが》む。再会を楽しむ笑顔ではない。

何か良からぬことを企《たくら》む、悪意をたっぷりと含んだ笑みだった。

その笑顔は一瞬で消え去り、エリンの表情が変わる。

途端に、エリンの両眼から濃厚な憎悪が溢《あふ》れ出した。

緑色に輝く双眸《そうぼう》は深い怨恨を孕《はら》んでいる。

ぐしゃりと紙を握り潰して、エリンは言った。

「絶対に、許さないから……」

あとがき

お久しぶりです、青季ふゆです。

醜穢令嬢2巻でも皆様とお会いできたことをとても嬉《うれ》しく思います。

はい！　というわけで、アメリアちゃんの覚醒回ですね！

私は新しい章を書く際、その章で何がメインの軸なのかを事前に決めて書くのですが、今回は醜穢令嬢の中でも重要な要素となる、『アメリアの能力』にフォーカスした巻となりました。

私の個人的な感覚の話になるのですが、『能力が発揮されていない状態』に強い違和感を覚える性分でございまして、とてつもない芸術の才能があるのに、やりたくもない勉強をさせられて燻《くすぶ》っている、逆に高い勉学の才があるのにお金の都合で充分な教育を受けることができない……そんな状態を見ると、とても歯がゆい気持ちになります。

それぞれのケースにままならない事情があることは分かりつつも、己の能力が存分に発揮され、自分を含め人々を笑顔にし、充実した日々を送ることができればなんと幸せかと思わずにはいられません。

なので本巻では、アメリアの『植物に関するスキル』が存分に発揮され、一人の侍女を笑顔にするという、私としてはとても満足のいく展開となりました。

これからもアメリアには才能を遺憾なく発揮して、たくさんの人々を笑顔にして欲しいですね。

次の巻ではいよいよ妹との対峙《たいじ》がメイン軸になってきそうですね。

頑張れアメリアちゃん！　負けるなアメリアちゃん！

さてさて、思いの丈を目一杯ぶちまけて満足できたのでこの辺りで謝辞を。

担当Kさん、2巻も引き続きありがとうございました。

とても伸び伸びとやらせて頂いて感謝しかございません。

イラストレーターの白谷ゆう先生、2巻でもアメリアを可愛《かわい》らしく、そしてローガンはかっこよく描いてくださってありがとうございました。

白谷先生の透明感のあるタッチがこの作品に更なる彩りを与えてくれています。

『自分にはなんの能力があるんだろう？』とあれこれ試してみては放り投げて、最終的に作家に落ち着くまで私を見守ってくださった両親、ウェブ版で応援をくださった読者の皆様、そして本書の出版にあたって関わってくださった全ての皆様に感謝を。本当にありがとうございました。

それではまた、3巻で皆様とお会いできる事を祈って。

青季ふゆ

作品のご感想、
ファンレターを
お待ちしています

あて先

〒141-0031　東京都品川区西五反田 8-1-5 五反田光和ビル4階
ライトノベル編集部
「青季ふゆ」先生係／「白谷ゆう」先生係

スマホ、PCからWEBアンケートにご協力ください

アンケートにご協力いただいた方には、下記スペシャルコンテンツをプレゼントします。
★本書イラストの「無料壁紙」　★毎月10名様に抽選で「図書カード（1000円分）」

公式HPもしくは左記の二次元バーコードまたはURLよりアクセスしてください。
▶ https://over-lap.co.jp/824006363
※スマートフォンとPCからのアクセスにのみ対応しております。
※サイトへのアクセスや登録時に発生する通信費等はご負担ください。

オーバーラップノベルスf 公式HP ▶ https://over-lap.co.jp/lnv/

誰にも愛されなかった醜穢令嬢が幸せになるまで 2

～嫁ぎ先は暴虐公爵と聞いていたのですが、気がつくと溺愛されていました～

発行　2023年10月25日　初版第一刷発行

著者　**青季ふゆ**

イラスト　**白谷ゆう**

発行者　永田勝治

発行所　**株式会社オーバーラップ**
〒141-0031
東京都品川区西五反田8-1-5

校正・DTP　株式会社鷗来堂

印刷・製本　大日本印刷株式会社

©2023 Fuyu Aoki
Printed in Japan
ISBN 978-4-8240-0636-3 C0093

※本書の内容を無断で複製・複写・放送・データ配信などをすることは、固くお断り致します。
※乱丁本・落丁本はお取り替え致します。左記カスタマーサポートセンターまでご連絡ください。
※定価はカバーに表示してあります。

【オーバーラップ　カスタマーサポート】
電話　03-6219-0850
受付時間　10時～18時(土日祝日をのぞく)

第11回 オーバーラップ文庫大賞
原稿募集中!
イラスト:じゃいあん
【締め切り】
第1ターン 2023年6月末日
第2ターン 2023年12月末日
各ターンの締め切り後4ヶ月以内に佳作を発表。通期で佳作に選出された作品の中から、「大賞」、「金賞」、「銀賞」を選出します。
その物語は、
きっと誰かが
好きな物語。
【賞金】
大賞…300万円
(3巻刊行確約+コミカライズ確約)
金賞……100万円
(3巻刊行確約)
銀賞………30万円
(2巻刊行確約)
佳作………10万円
投稿はオンラインで! 結果も評価シートもサイトをチェック!
https://over-lap.co.jp/bunko/award/
〈オーバーラップ文庫大賞オンライン〉
※最新情報および応募詳細については上記サイトをご覧ください。
※紙での応募受付は行っておりません。